最後の手紙

アントニエッタ・パストーレ
関口英子、横山千里＝訳

亜紀書房

最後の手紙

初めてゆり子に会ったのは、一九七九年、彼女が姉眞砂子《まさこ》の家に何日か滞在するために大阪にやってきたときのことだった。眞砂子はわたしの夫の母親にあたる。その二年ほど前から日本で暮らしていたわたしは、簡単な会話ならば不自由のないくらいに日本語を話せたにもかかわらず、そのときゆり子とはわずかな言葉しか交わさなかった記憶がある。甥《おい》の妻であるイタリア人に対して、ゆり子は好意的な関心を抱いているようだったが、彼女の遠慮がちな性格とわたしの人見知りとが相俟《あいま》って、互いにちょっと距離をおいていた。それを乗り越えるために、ふたりとも眞砂子に頼っているようなところがあった。眞砂子はゆり子よりも社交的で、わたしとも親しかったからだ。実際、眞砂子の生まれ持った明朗快活な気質は、わたしたちの気づまりをとりはらうのにひと役買っていた。

当時、ゆり子は五十七歳だったが、まだじゅうぶんに魅力的な容貌だった。それまで、彼女のことは古い二枚の白黒写真で見ていただけだった。一枚は彼女が四歳のころ、江田《えた》島《じま》の実家の前で、姉の眞砂子と兄の新樹《あらき》、そして両親の、家族五人で撮ったものだ。姉妹はおそろいのプリーツスカートに白い半袖のブラウス、新樹は黒っぽいオーバーシャツに明るい色の半ズボン、和服姿の父と母と横一列にならんで、五人とも顔をしかめている。
もう一枚の写真のゆり子は十八歳、防波堤の上で髪を風になびかせて立っている。髪を押さえるためにあげた片手、自然にこぼれる笑み、おそらくレンズから逃れようとしてのことだろう、ひねった上半身……こうした仕草からは、天真爛漫な若い娘ならではの生命力が感じられた。また、当時流行していたウェーブのかかったセミロングの髪や、ハイヒールのパンプス、半袖のブラウスに、風で足にまとわりついているフレアがゆったり入った膝下丈の水玉模様のスカートという装いは、時代の波に乗った自由奔放な少女を思わせた。

子ども時分の思い出や家族の話をしながら、その二枚の写真を見せてくれたのは、眞砂子だった。一九四五年の春に、夫と子どもたち――のちにわたしの夫となる次男がまだ一歳になったばかりだった――を連れて、神奈川に移り住むまで暮らしていた江田島の情景も語ってくれた。妹のゆり子は、ふたりが生まれ育った昔ながらの古い日本家屋にいまも住んでいた。

「ゆり子叔母さんは結婚しなかったのですか？」そのとき、わたしは眞砂子に尋ねた。

「いいえ、一度したのだけれど……」と、彼女は答えた。「別れてしまったの」

「とてもきれいな人ですね」もう一度写真をじっくり見ながら、わたしは言った。

「ええ、クラス一の美人だった」

「昔の日本映画に出ている女優に似てます」

「原節子《はらせつこ》ね？」

「そう、その女優さん」

「そうなの。似てるでしょ？　わたしも前からそう思ってた。でも原節子の名前が広く知られるようになるころには、ゆり子は別人のようになっていた」眞砂子は深いため息をもらした。

「子どもはいるのですか？」

「いいえ、いないの」


わたしたちは五月のそぼ降る雨の午後、新幹線の駅までゆり子を迎えにいった。改札口からこちらに向かって歩いてくる女性は、防波堤の写真の娘とはあまりにもかけ離れていた。細面で端整な顔立ちこそ変わっていなかったものの、茶目っ気のある表情は跡形もない。眞砂子よりも四つ年下のはずなのに、ゆり子のほうが老けて見えた。目の前に立っていたのは、昔ながらの日本女性の典型のような婦人だった。藤色の着物に身を包み、グレーの帯を締め、白いもののまじった髪をうなじのところでシニヨンに結って——眞砂子は、染めた髪をショートにしていた——控え目な物腰で、口もとにかすかな笑みを浮かべただけだった。小ぶりの旅行鞄のほかに、昔の旅人がよく用いていた風呂敷包みを抱えている。紹介されてお辞儀をするわたしに、ゆり子も慇懃なお辞儀を返した。この世代の女性にしては背の高いほうで、背すじは伸びていたが、その佇まいはどことなく儚《はかな》げだった。わたしは、彼女の抱えていた風呂敷包みを車まで代わりに持ってあげた。

その日、家に着いてから、寿司桶が真ん中におかれた座卓を囲んで交わされた会話に、わたしはあまり加わらなかった。しゃべるのはほとんどが眞砂子とゆり子の姉妹で、義父はときおり口をはさむ程度だった。ゆり子に対する義父の態度には、さりげない気遣いが感じられた。もっと食べたらどうだと促してみたり、一杯ぐらいいいじゃないかと酒を勧めたり……。わたしの夫は、たまにしか会わない叔母とはあまり親しくないらしく、ゆり子の質問に応えるだけだった。そうこうしているうちに、その数年前にパリで挙げたわたしたちの結婚式の話になり、眞砂子がアルバムを引っぱり出したので、ゆり子とわたしは、市役所での挙式のこととか、招待客のこととか、当たり障りのない会話を少しした。とはいえ、写真がじゅうぶんに会話を補う役割を果たしてくれた。

ゆり子は、夫とわたしに結婚祝いを持ってきていた。黒漆に木の葉模様の金蒔絵《まきえ》がほどこされた美しい文箱《ふばこ》。生涯大切にし、重要な書類をしまっておく類《たぐい》のものだ。贈り物を受け取り、その包装をありがたく解くという一連のやりとりのなかで、わたしとゆり子はさらに二言、三言の言葉を交わしたものの、あとはその晩を通してほとんど話すことはなかった。

もしかするとそのせいで、ゆり子を包んでいるように思われた謎めいた雰囲気が、さらに強くなったのかもしれない。あの無邪気な少女は、いったいどこへ消えてしまったのだろうか。

ゆり子にふたたび会ったのは、それから三年後の一九八二年、妹を訪ねて江田島に数日間滞在するという眞砂子に誘われて、同伴したときのことだった。

「そうすれば、弟の新樹や、ほかの親戚にも紹介できるでしょ」眞砂子は、ようやく嫁の顔見せができる喜びを隠しきれないようすだった。

わたしもその旅行を心待ちにしていた。一般的な観光ルートから外れ、いまもなお伝統的な暮らしをしている日本の一地方を知る、またとない機会だと思ったからだ。同時に、西洋人であるわたしが夫の親戚に果たしてどのように受けとめられるのか、少なからず不安も感じていた。当時、大阪の外国語大学でイタリア語を教えていたわたしは、ゴールデンウィークを利用して、眞砂子と一緒に新幹線に乗り込んだ。夫は、彼に言わせると「わずらわしい親戚の集まり」でしかないその旅行にあまり気乗りしないようで、なにやら口実を見つけて来ないことになった。それがどんな理由だったかはもう憶えていない。

わたしたちは三時間もかからずに広島に到着した。そこからフェリーで江田島へ向かうのだが、船に乗る前に、平和記念資料館を訪れることにしていた。原子爆弾が炸裂したあとも奇跡的に倒壊を免れた唯一の建物――「原爆ドーム」の通称で知られる、広島県産業奨励館の焼け焦げた建物の残骸――の写真を何度も見ていたわたしは、その建物の内部が平和資料館なのだとばかり思っていた。ところが、実際には、そこからほど近い広大な敷地にある、白くて大きな現代的な建物だったので驚いた。力強いピロティに支えられた横長で低層の箱が両翼を結ぶ構造になっているこの資料館は、丹下健三の設計で、一九五五年に建てられたものだ。館内をひと通り見学するのに、二時間あまりを要した。展示室から展示室へとめぐりながら、木造住宅の密集する広島市街の、原爆投下前の航空写真や映像、一瞬にして見わたすかぎり灰色の焼け野原と化した街の写真、原爆の犠牲となった人たちが身につけていたもの――衣服や時計や靴だけでなく、なかには毛髪まで――、爆発の残骸、被爆した建物の内部を再現したものなどを見てまわった。数千度ともいわれる熱波が、人間の皮膚や建物におよぼした被害、放射能の影響によるさまざまな健康被害についての説明を読み、地面で折り重なって死んだ人々や、瓦礫の下敷きになった人々、眼球がなくなり輪郭もわからなくなった顔、おぞましいまでに焼け焦げ、手足を失った人々、命からがら逃げ惑う人々の写真を見た。そして、被爆者がいまだに数十万人にのぼることを知った。一九四五年八月六日の朝、目もくらむような閃光がいきなり空に現れたかと思うと、たちまちのうちに数千度を超える熱に包まれ、恐ろしい爆風が広島の市街を襲い、おびただしい数の男や女や子どもたちが一瞬にして消え去った。その影や痕跡だけが、壁やアスファルト上に焼きつけられたのだ。

予想はしていたものの、資料館から出たとき、わたしはひどく動揺していた。「資料館を見学する気持ちになれなければ、無理して行くことはないのよ」広島の駅で新幹線から降りたとき、眞砂子はわたしを気遣ってそう言った。けれども、どうしても行きたかった。誰もが一度は訪れるべきだと思っていたからだ。原爆死没者慰霊碑には、「安らかに眠って下さい。過ちは繰返しませぬから」という碑文がある。わたしを含め、そこを訪れる者はみな、その言葉を深く胸に刻むことになる。

日本人の多くは、広島と長崎に原爆が落とされたために、自分たちは戦争の被害者だと思っている。そうでないにしても、占領統治下にあったアジア諸国で日本兵の犯した大量殺害の罪が、原爆の投下によって相殺されたと考えている人は少なくない（そこには、血で血を洗うという愚かしい考え方が見え隠れする）。その結果、日本の恥ずべき過去が日本人の集団意識から消し去られ、戦争について語る際には、自国が被った悲劇的な結末のみがひたすら強調されるようになってしまった……。そんな思索に耽りながら、平和公園の外へと続く大通りを歩いていると、ベンチに腰掛けたひとりの老人が目に入った。ステッキの柄の上に両手をのせて前かがみになり、頭《こうべ》を垂れている。身なりこそ行き届いていたものの、その挙動は、どこか呆けているように感じられた。意味不明の言葉をぶつぶつつぶやきながら、軽く頭を揺すっていたのだ。ところが、わたしがその老人の前を通りすぎると、嫌悪のにじんだ、刺すような視線をこちらに向けて、小声でぼそぼそと言葉を発したのだった。わたしには、そのうちの「アメリカ人」という部分だけが聞きとれた。ガイジンは全員アメリカ人だと思い込んでいる節がある人たちから、とりわけ、好奇心まる出しの子どもたちからそう呼ばれることはめずらしくなかった。八〇年代初頭の日本、なかでもわたしの住んでいた関西地方には、まだそれほど外国人が多くなかったので、こちらを見るだけで露骨に驚いた顔をされることにも、ある意味、慣れっこになっていた。それでも、その老人の目つきと声色に、わたしの心は傷ついた。

「気にすることないわ」ベンチのところで歩みがのろくなったわたしに気づいて、眞砂子が助け舟を出した。「意味のない言葉を口にしているだけよ。きっと少しぼけてるんじゃないかしら?」

それ以上、深追いはしなかったものの、その出来事は苦い後味を残した。

江田島へ向かうフェリーに乗ってからも、平和資料館で目にしたばかりの展示物と、ベンチで見かけた老人の敵意に満ちた目つきが脳裏に焼きついて離れなかった。それでも、船体が紺青色《こんじょういろ》の海面を進んでいくにつれて、間もなく島に降り立つのだという期待に気が紛れ、心が穏やかになっていった。島が少しずつ近くなり、小高い丘のような緑の塊のなかに、海岸に沿って這う低地と、小ぢんまりとした集落の鈍色《にびいろ》にきらめく甍《いらか》の波とが見えてきた。船着き場には漁船や小型の貨物船が係留され、高台には神社もいくつかあるようだ。

折しも四月の終わりの心地よい気候で、勢いよく生い繁る若葉や秩序よく植えられた柑橘類の樹木に心が和み、思わず笑みがこぼれた。三十七年前、そこから二十キロメートルと離れていない場所で原子爆弾が炸裂したとは、とうてい思えなかった。

フェリーは小さな港のほうへと舵を切った。港の周囲には、筏《いかだ》のようなものが何列にもなって海面に浮いており、その下には網が固定されていた。牡蠣の養殖がおこなわれているのだ。

ゆり子は桟橋までわたしたちを出迎えにきていた。そのときもやはり地味な色合いの着物姿で、髪はひとつにまとめてシニヨンに結っていた。フェリーで到着する人（大半が、数日の連休を利用して帰省した人たち）に気づいてもらえるよう、必死に手を振るちょっとした群衆のなかで、華奢なゆり子の居ずまいは、その洗練された慎ましさでひときわ目をひいた。

「ゆり子さんは本当に着物が似合いますね」わたしは思わず眞砂子にそう言った。眞砂子はといえば、着物は窮屈だと言って滅多に着ようとしなかった。

「そうなのよね」

「洋服は着ないのですか？」

眞砂子はしばらく返事をためらったものの、やがて口をひらいた。

「いまはあまり着ないけれど、娘時代には洋服が大好きでね。むしろ、着物を着ろというと、嫌がって駄々をこねたものだったわ……」そう言うと、なにかを思い出したように口もとを緩ませた。

武田洋裁教室の大広間では、十二人の生徒——十五歳から二十歳の娘ばかり——がならんで畳に座り、先生がいらっしゃるのを待っていた。銘々《めいめい》が、買ったばかりの布地と、折りたたんだ新聞紙、裁ち鋏《ばさみ》など裁縫道具一揃えを脇においている。その日は、上品なワンピースを仕立てる課程の初日だった。

四時きっかりに、武田先生が型紙入れを小脇に抱えてつかつかと入ってきた。四十がらみの女性で、背は低く、でっぷりとしている。洋裁を教えているというのに、洋服はけっして身に着けず、授業に来るときには、あまり動きやすそうには見えない青い着物の帯をぎゅっと結び、豊満な身体を包み込んでいた。

挨拶をするため、生徒たちは両手をきちんと重ね、額が畳につきそうなほど身体を折り曲げてお辞儀をした。

「こんにちは、皆さん」そう言うと、先生は生徒たちのほうを向いて正座した。「今日は大事な日です。前回申しあげましたが、いつもの家使いのエプロンや普段着用のスカートではなく、そうですね、訪問着としても使えるようなワンピースを作ります」

武田先生は、ひと呼吸おいてぐるりと見わたした。生徒たちは目を輝かせ、文字どおり食い入るように先生の口もとを見ている。

「皆さん、必要なもんは揃うとりますか」

「はい、先生！」みんな声を合わせて返事をした。

「よろしい。皆さんの熱意が伝わってきますね」先生は満足そうに言った。「ほじゃけど、二時間の授業で一着のワンピースを仕上げるのは無理です。まずはひとりひとり、いつものように自分の型紙を作りましょう。寸法を間違えないように、しっかり注意しておやりなさい。いったん誤って裁ってしもうたら、布は二度とくっつきませんからね」軽い笑みを浮かべて、そう注意した。先生はこの言いまわしがいたくお気に入りらしく、なにかと機会のあるごとに口にするのだった。

　生徒たちは家から持ってきた新聞紙を目の前にひろげた。自分の寸法に合わせた型紙の作り方は、最初に教わったことのひとつだ。

「今日仕立てる服はこれです」先生が型紙入れから出席簿ほどの大きさの紙を取り出して、みんなに見えるように高く掲げた。半袖、丸襟、ふんわりとしたフレアスカートのワンピースのデザイン画だ。「これは黒ですが……」先生は端の生徒にも見えるようにその紙をゆっくり動かしながら言った。「もちろん若い女性に黒は合いません。ほいじゃから、もっと明るい色の布を持ってくるように申しましたね。皆さん、お母様と一緒に選んだんでしょうか」

「きれいじゃね」眞砂子が、顔は動かさずに、隣に座っている妹に小声で言った。

「うーん……」ゆり子はそれしか答えない。あまり納得がいかないようだった。十五歳のゆり子の顔にはまだあどけなさが残り、それが不満そうな表情とちぐはぐな印象となって少しユーモラスだった。

「さあ、はじめてください」先生の話が終わる。「やることはわかっとりますね。わたくしは皆さんが失敗せんよう、そして助言もできるようにここで見とりますから、わからないことがあればなんでもお訊きなさい」

生徒たちは、感想を言ったり、選んできた布を互いに見せ合ったりしながら、デザイン画を手から手へとまわし、それぞれに割り当てられた場所で作業をはじめた。先生はというと、みんなの作業を近くから監督し、出来の悪い生徒がとんでもないことをしでかさないよう、立ちあがって目を光らせていた。

一時間あまり経ったころ、すべての型紙が完成し、布の裁断がはじまった。

眞砂子は辛子色のサテン地を手にとると、さっさと裁ちはじめた。十分ほどのあいだ、その繊細な作業に集中した。そして、長いため息をつきながら姿勢をもどし、裁断を終えたばかりの身ごろをまじまじと眺めた。ふと妹のほうに目をやると、鋏と赤いタフタの生地を手にまだ格闘している。なにしよるんね、ほんまにもう……。

「阿呆じゃねえ」小声で話しかけた。「そがいな形じゃないでしょ」

ゆり子は襟ぐりの部分を裁つ作業に没頭していて、返事をしなかった。

「ゆり子、襟は丸首よ、四角じゃないんよ」眞砂子は先生をちらりと見ながら言った。

「そがいなことして、生地が台無しじゃろ。先生かんかんに怒られるよ」

「台無しになんかしとらんよ。四角のほうがずっときれいじゃもん。そのほうがモダンじゃけん」

「あんたにとってはほうかもしらんけど、問題はそこじゃないんよ。あんたのやりたいようにやったらいけんのよ」

「なんで？　この服、着るのはうちじゃ。先生じゃのうて」ゆり子は吹き出しそうになるのを堪えて言った。

「なにがおかしいん？」

「ほいでも、ぜんぜん想像できゃあせん。あのデザイン画の服着た先生なんか……」

「やめて、お願い、面白がっとる場合ね。まだなんとかやり直せるけん、そこの……」

「ええの。袖なしはあきらめるしかなかったんじゃけん、襟ぐりの形ぐらい好きなようにさして」

「お母さんがええ言うか知らんよ」

「ほんなん、襟が丸かろうと四角かろうとお母さんはかまわんよ」

「けど先生はどうじゃろか。あんたがしとること見て、いったいどう言いんさるか」

そう言ったそばから、なにをひそひそやっているのかと、先生がふたりの後ろにやってきた。

「どうかしましたか、眞砂子さん。ふたりでなにを……」先生は言葉を呑み込み、数秒のあいだ、まるで麻痺したかのようにじっと固まっていたかと思うと、冷ややかに言った。

「ゆり子さん、デザイン画は四角い襟ではなかったはずですが」

ゆり子は赤くなり、さっきまでの大胆さは消え失せていた。

「はい、先生、ほうです。でも……」

「でも、なんですか」

「あの、四角い襟ぐりも流行っているのを見て、ほんで……」

「どこで見たんですか」

「雑誌です。とてもきれいな洋服を着た有名な女優さんの写真が載っとりました。丈が長《なご》うて、袖はほんま短《みじこ》うて、襟ぐりが四角い形で、スカートは……」素敵な服を思い出したゆり子は、勇気をとりもどして細かく説明をはじめたが、武田先生はすぐにそれを封じた。

「あなたは女優にでもなるおつもり?」

「まさか。ほいでも……」ゆり子はためらった。

「あなたが女優のような格好で歩きまわったらご両親はお喜びになるとお思い？」

「さあ、わかりません。ほいでもきっと……えっと、ほじゃから、襟が四角くても……」

こんなとき、多少なりとも賢い娘であればそんなことはしないのだろうが、ゆり子はなおも反抗を続けた。

「申し訳ありません、先生」眞砂子が妹をにらめつけながら割って入った。「本当は間違《まちご》うて裁ってしもたんじゃと思うんです、ほいで……」

「あなたは口を出さないの」先生は眞砂子を黙らせ、なにか言おうとしていたゆり子を手で制した。「間違うたことをしたのは明らかです。間違うたことをしたときは……」そこでゆり子のほうに向き直ると、続けた。「謝るもんです。ちゃんとした人なら当然そうします」

ゆり子はしばらくためらっていた。

「申し訳ありません、先生」歯を食いしばり、やっと聞きとれるほどの声で言った。眞砂子はほっとため息をついた。ゆり子のことだから、教室を辞めさせられることも承知で意地を通すかもしれないと、気が気でなかったのだ。

「よろしい。許しましょう」先生は、百歩も譲ったかのような言い方をした。「でも、台無しにしてしまった身ごろは片づけておしまいなさい。別の生地できちんとデザインどおりに裁つのです。わかりましたか」

「ほいでも、じゃったらスカートの生地がもう……」ゆり子はまた口答えしようとした。

「当然です。スカートの生地が足りなくなって、ふんわりとしたきれいなスカートにはできんようになるでしょう。私は知りません。あなたが望んだ結果です。さ、手を動かして！　なにをそんな不服そうな顔で見とるの」

武田先生は、言うことをきかない生徒のせいで病気になりそうだ、などと言いながら離れていった。

ゆり子は先生に背を向けて、仕方なく、言われたとおりにしはじめた。裁断した身ごろを片づけ、渋々ながらも別の布地を前にひろげた。他の生徒たちは全員下を向いて、教室をゆっくりと行ったり来たりする先生の監視のなか、息を押し殺して作業を続けていた。眞砂子がこっそり見ていると、ゆり子は不満げに口をへの字に曲げて、ずっとふてくされた顔をしていた。眞砂子は先生の目を盗んで手を伸ばし、ゆり子の腕をさすってやった。

「心配せんといて。気にしとらんけん。あがいな人のこと」ゆり子は声を押し殺してそう言った。

「こがいなる思うた。ほいじゃけん言うたのに」

「このままにはせんよ！」ゆり子は噛みついた。「うちに帰ったら、必ずほどいて、さっき裁った身ごろをつけちゃるけん」

それは一時《いっとき》の怒りに駆られて言っただけの、そのまま忘れてしまうような言葉ではなかった。裁縫の課程を修了すると、ゆり子はワンピースを好みの形に縫いなおし、ある日の午後、それを着て、ふたりの友人と一緒にわざわざ教室の前を歩きにいった。通りを何度も行ったり来たりした挙句、とうとうその姿が武田先生の目にとまった。驚きのあまりあんぐりと口を開けた先生の視線は、自分の元生徒が着ているワンピースの四角い襟ぐりに釘づけになっていた。ゆり子はお行儀よく先生に挨拶をすると、踵《きびす》を返し、ふたりの友人をひきつれて家へ帰る道を歩いていった。

角を曲がった途端、三人は声を上げてけらけらと笑い転げたのだった。

タラップを降りるわたしたちの姿を見つけて、ゆり子はすっと歩み寄り、几帳面なお辞儀をした。

　タクシーに乗り、丘のあいだをくねくねと上っては下る道を十五分ほど走った先に、昔のままの姉妹の実家はあった。呉《くれ》港を望む島の東海岸に位置している。門の石板に打ちつけられた木製の表札には、「藤村」という名字の漢字が二文字、優美な書体で彫られていた。

「ほらね。前に見せた写真のままでしょ？」タクシーを降りながら、眞砂子は言った。

　鈍色の瓦屋根の伝統的な平屋造りで、どっしりとした家構えだ。形よく伸びた庭木といい、丁寧に刈りそろえられた生け垣といい、広々とした庭からは、丹精込めて手入れをしていることがうかがえた。三本の立派な紅葉《もみじ》の木などは、見事に色づいた秋にぜひ見たいものだと思わせた。その代わり、ツツジはまさに花盛りだった。

「とってもきれいなお庭ですね。どなたが手入れをしているのですか？」とわたしは尋ねた。

「わたしがひとりでしよるんです。庭仕事が好きでね。退職したから、時間ならいくらでもあるし……」と、ゆり子が答えた。

　わたしは、浮世離れしたゆり子の佇まいにしっくりくる職業を考えてみたが、生け花や書道、琴や三味線といった伝統芸能ぐらいしか思いつかなかった。そこで、どんな仕事をしていたのか訊いてみることにした。

「郵便局に勤めとったんですよ」ゆり子はそう答えた。言われてみれば、公共機関で毎日決められた業務をこなすのは、彼女の個性に反さないように思われた。

「この家は、女の独り暮らしには広すぎるんじゃけれど……」言い訳めいた口調でゆり子が続けた。「でも、住み慣れた家を手放すのも惜しゅうてね。たとえ今風の家に越したとしても、住み心地がええとは思えん気がするの」

「ここの居心地がいいのなら、べつに無理して引っ越すことはないけれど……」眞砂子が横から口をはさんだ。「ただ、少しは修繕とかリフォームとかを考えたらどうなんて言うとるの」どうやら姉妹のあいだでしばしば議論になっている問題らしく、ゆり子はかすかに眉根を寄せたきり、口をつぐんでしまった。

家のなかに足を踏み入れると、時代劇にでも出てきそうな純和風の造りになっていた。どの部屋も畳敷きで、ドアや窓の代わりに襖と障子があり、梁は黒ずみ、床の間には掛け軸が飾られ、花器には花が巧みに生けられている。ゆり子は、わたしが寝ることになる部屋に案内してくれた。細部をのぞけば、それまで素通りしてきたほかの部屋とほとんど変わらない。畳は色褪せ、障子紙は日に焼けて黄ばみ、襖《ふすま》の図柄も色が薄くなっている。くすんだ色の整理簞笥は、おそらくもう何年も引き出しが開けられていないものと思われ、部屋の隅には本や古い雑誌が積まれている。埃《ほこり》っぽい空気と、かすかな黴《かび》のにおいがあちらこちらで淀《よど》んでいた。

「ここは、ゆり子とわたしが子どものころに使っていた部屋なの。信じられないでしょうけれど、なにもかも当時のままよ」ゆり子が部屋を出ていくなり、義母の眞砂子が謗《そし》るように言った。

「でも、それがこの家の魅力でもあるんじゃないですか？」わたしはやんわりと反論した。

「魅力ねえ」眞砂子は賛成しかねているようだった。当然ながら、眞砂子は、家の魅力云々よりも、とにかく妹のゆり子に快適な暮らしをしてほしいと願っているのだろう。

「畳も取り替えないといけないし……。ほら、見てよこれ」破れた障子紙を指差して、続けた。「せめて障子くらいは張り替えないとね」

「ええ、でも……」

「本格的に修繕しようとしたら、たしかにお金がかかる」わたしの考えを見抜いたかのように眞砂子は言った。「でも、そうなったら弟もわたしも協力するつもりよ。それに、ここは田舎だから、都会に比べれば職人さんもまだ結構いるし、手間賃だって安く抑えられる。いずれにしても問題は費用じゃなくて、ゆり子が、まったく家の話をしたがらないってことなの」

そこまで言うと、眞砂子は唐突に話題を変えた。「日曜日は、弟の新樹の家で夕食をご馳走になる予定よ。これでようやく、弟の家族にもあなたを紹介できるわね」

親戚一同が居並ぶ場にのこのこと出ていって、面接まがいのことをされるのかと思うと、とたんに気が滅入った。

「皆さん、西洋人に会うのは初めてなのでしょうか」

「初めてってことはもちろんないわ」眞砂子は、わたしの不見識な発言に苦笑いを浮かべた。「このあたりは、戦後、進駐軍の軍人さんだらけだったから。アメリカ兵だったかイギリス兵だったか、いまとなってはよく憶えていないけれど。まあ、当時といまとでは状況がまるで異なるけれどね」

わたしの困惑を見てとった眞砂子は、こう言い添えた。

「心配いらないわ。新樹の家族はみんないい人たちだから。それに、ずっとあなたに会いたがっていたのよ。さあ、外に出て少し散歩でもしましょ」

島はあまり観光地化されておらず、町の中心部もとりたてて美しいわけではなかった。ところが、ひとたび漁港まで足をのばすと、そこには絵画のような景色がひろがっていた。眞砂子の話では、近くには目を見張るほど美しい砂浜もあるということだった。

「子どものころには、夏じゅう、ゆり子とふたりで時の経つのも忘れて海辺で遊んだものよ」

「小川のおばあちゃんのお店に行きましょうよ」漁港を背にして三人で歩きはじめたとき、ゆり子が言い出した。「和柄の素敵な生地がいろいろあるんよ」

「ゆり子が、愛用の風呂敷をいつも買っているお店のことよ」旅行の際、ゆり子はいつも風呂敷包みを持ち歩いていた。口の端に浮かんだ笑みから、眞砂子が妹をからかっていることがわかる。

わたしは日本の生地が大好きだったので、その店の方角へと歩きはじめた。町でもっとも由緒ある商店のひとつで、目抜き通りに面していた。

遊具のある公園の横を通りかかると、数人の子どもたちがこちらを見て、「ガイジンさん、ガイジンさん！」と陽気に囃《はや》したてながら走り寄ってきた。呼び捨てはせずに、「さん」をつけるだけの礼儀は少なくとも持ち合わせているというわけか。子どもたちの目に悪意は感じられなかった。めずらしい外国人に興奮しているのだろう。

「騒がしい子たちね。あっちで遊んどりんさい！」怒ったふりをして追いはらおうとする眞砂子に、わたしは気にならないから大丈夫だと言った。ただし、それは本心ではなく、子どもたちに囃されるのは正直あまりいい心地はしなかった。それでも、イタリア人の子どもたちよりは、まだ可愛げがあった。何年か前に夫とイタリアを旅した際、ウンブリア州の小村で道を歩いていると、子どもたちが後をわざわざ追いかけてきて、夫を指差すなり、まるで火星人に遭遇したことを知らせるかのように、「中国人だ！　中国人だ！」とわめいていたのを思い出した。

店内に入っていくと、島の人たちから「小川のおばあちゃん」と呼ばれていた女主人が、深々とお辞儀をして出迎えた。それから、いかにも誇らしそうに、陳列されている生地を説明してくれた。生地だけでなく、テーブルクロスに風呂敷、ランチョンマット、バッグや小銭入れ、書類挟みなど、贈り物用の雑貨もいろいろある。わたしは散々迷ってから、紺色の厚手の木綿地でできた小さめのテーブルクロスを買うことにした。手織りで、白の柄が織り込まれている。

「ええから、これはわたしにプレゼントさせてちょうだい」ゆり子がわたしの手からテーブルクロスを奪うと、レジカウンターにおいた。抵抗を試みたものの、ゆり子は頑として譲らない。

「奥さまはどちらのお国の方ですか？」小川のおばあちゃんが、テーブルクロスを包装しながら尋ねた。

「イタリア人です」と、わたしは答えた。

「それはそれは。失礼じゃけど、なんでまた、こがいな遠い島までおいでなすったんですか？」

「家族の一員なのですよ。うちの嫁でしてね」わたしの代わりに義母が答えた。その口調には、それ以上この話題に立ち入るなという明らかな警告がこめられていた。ふだんはひどく愛想のいい眞砂子にしては、めずらしいことだった。

小川のおばあちゃんは会釈をしたきり、なにも言わなかった。ゆり子もまた、そんな姉の態度を後押しするかのように、無言でうなずいただけだった。そして、店の外に出るなり、腹立たしげにつぶやいた。

「なんでみんなあがいに、他人のことに首を突っ込みたがるんかしらね」

そんな些細な理由でゆり子がいきなり不機嫌になったことを不思議に思いながらも、わたしは敢えてなにも訊かず、いただいた贈り物に改めて礼を言った。

家に帰ると、日が落ちる前に三人で庭を散策した。庭にはこまめに手を入れていたゆり子は、姉の眞砂子が最後に生家を訪れてからの数年間の変化をひとつひとつ説明しはじめた。そもそも植物にはあまり詳しくなく、説明を十分に理解できるだけの語彙《ごい》も持ち合わせていなかったわたしは、姉妹が植え込みや花壇でかがんでは、葉や花びらの一枚いちまいに真剣にコメントし合うのを、聞くともなしに聞いていた。

「この木は桜ですよね？」しばらくして、わたしは訊いてみた。ずっと黙っているのも気が引けたので、なにかしら口にしたかったのだ。

「そうです」ゆり子がこちらを振りむいて答えた。そして、そのままわたしのことをじっと見据えた。その眼差しは、なぜ、よりによってその木のことを尋ねるのかと問うているようだった。やがて目を逸らすと、こう言い添えた。「何年も前に、夫が植えたんです」

わたしはひどく困惑して、「ああ、そうなんですか」と、口のなかでもごもごとつぶやいた。ゆり子は、おそらく聞こえなかったのだろう、中断していた眞砂子とのおしゃべりの続きをはじめた。

それからわたしは、庭にいるあいだ、ひと言もしゃべらなかった。わたしときたら、いったいなぜ、そんなくだらない質問をしようなどと思いついたのだろう。それが桜だということはわかりきっていたし、たとえ桃だったとしても、梅だったとしても、どうでもよいではないか。

その晩、眞砂子とふたりになるのを待って、自分は余計なことを訊いてしまったのかと尋ねてみた。夕食を終えて間もなくのことで、三人で一緒に食卓を片づけ、皿洗いを済ませたあと、ゆり子が台所を整頓しているあいだ、わたしと眞砂子はひと足先に畳の部屋でくつろいでいた。

「さっき、桜の木の話をしたのは、よくなかったですね？」

「そんなことないわよ。どうして？」眞砂子はにこやかに答えた。「妹が別れた夫のことを話すのは、べつにめずらしくないことよ。とくにタブーというわけじゃないの」

「ああよかった。悪いことをしたのかと思ってました」

「それに、あの桜の木を植えたのが元の旦那だったなんて、知らなかったのだし」

「そうですけど、ちょっと奇妙な雰囲気だったので」

「どんな？」

「なんというか……別れた旦那さんというより、まるで亡くなった旦那さんの話をしているみたいな……」

「確かにそうかもしれないわね。あの子は、いつも『元夫』とは言わないから」眞砂子も相槌を打った。

ゆり子はなぜ、別れた夫にそれほどの心残りを抱いているのだろうか。ゆり子のほうから別れを切り出したのだとしたら未練に思う理由などないはずだし、もしも夫に別れを迫られたのだとしたら、いくらか恨みこそするかもしれないけれど……。たぶん後者だろうと思った。どちらにしても、わたしだったらいまごろ桜の木など根こそぎ伐り倒し、斧で割って薪にして、台所の薪ストーブにくべて燃やしてしまっているにちがいない。

翌日、午前中のまだ早い時間に、義母の眞砂子とゆり子に連れられて、ふたりの両親や、戦死した従兄、さらには先祖代々の遺灰が埋葬されている菩提寺を訪れた。

小高い丘に建つ寺と地続きになっている墓地に着くと、まず墓石を洗い、持っていった花を備えつけの花立てに挿す。わたしもふたりを真似て線香に火をつけた。そして、その幾人とも知れぬいまは亡き先祖たちの墓前で手を合わせ、頭を下げた。おそらく彼らは、自分たちの遺灰の前で、異国人のおまえがいったいなにをしているのだ、とわたしに問うていることだろう。眞砂子とゆり子が熱心にお経を唱えているあいだ、わたしは手入れの行き届いた植え込みのあいだの小道を散策した。さんさんとふりそそぐ朝の光に包まれた満開のツツジといい、土地の雰囲気といい、死を悼《いた》む場所とは思えなかった。澄みきった空気のなか、海のむこう側に、呉の海岸線と港がくっきりと見えた。

景色に見惚れていると、後ろから眞砂子が近づいてきた。

「きれいでしょ？」

「ええ、とてもきれいですね。ゆり子叔母さんは？」

「住職さんのところに話をしに行ってるの。お布施も渡さないといけないし」

「お義母《かあ》さんも一緒に行かれたらいいのに。わたしのことなら心配ありません。ここで景色を眺めながら待っていますから」

「頼むから勘弁してちょうだい。ここの住職さんは口やかましい人でね。しゃべりはじめたら最後、とまらないのよ。きっとゆり子も三十分はお説教を聞かされるでしょうね」

わたしは苦笑した。

「この墓地は静かな雰囲気ですね。なんと言ったらいいのか……」

「心が安らぐ？」

「そうです」

「墓地というのはそのためにあるのですもの。訪れた人の心を安らかにするために」

その考え方にわたしは驚いた。これまで、死者の埋葬されている墓地を、哀惜や悲嘆といった感情と結びつけて捉えていたからだ。それでも、眞砂子の言うことには心の底から共感できた。

「ゆり子叔母さんの旦那さんだった人も、この島の出身なのですか？」わたしは、考えごとに気をとられたまま尋ねた。

ほとんど意識せずに口をついて出たその質問に、眞砂子は虚を衝《つ》かれたらしかった。

「いいえ、この島の生まれではなかったわ。海軍兵学校の学生だったの」そう答えてから、こんな場所に来たからには甘美な思い出に浸るべきだとでも言うように、話を続けた。

「ふたりを引き合わせたのは、うちの人なのよ。一九四三年の秋のこと。あなたも知っているとおり、うちの人は兵学校の教官で、数学を教えていた。戦地へは行かずに、士官の養成にあたっていたの。嘉昭さんはそこの生徒だったというわけ。ゆり子は、十二月が来れば二十二歳になるという歳だった……」

「ヨシアキさんというのですね？」

「島津嘉昭という人でね、わたしたちはみんな、『ヨシ』って呼んでたの」


眞砂子は台所でお茶の支度をしながら、あの学生さんに妹をと夫は言うが、果たして見合いをさせるのが本当によいのか、とまだ考えていた。兵学校に入る前は哲学を学んでいたというその若者は、春に卒業すれば士官になるはずだ。兵学校での成績は上位。内務省の高官を父に持つ四人きょうだいの末っ子で――長兄は二年前に戦死し、ふたりの姉が残されていた――、読書をこよなく愛する真面目な青年だという。俳句もたしなむらしい。ゆり子も大の本好きだったので、ふたりのあいだになにか芽生えるかもしれない。眞砂子の夫、喬生《たかお》はそのように考えたのだろう。ふだんはとても慎重な性格で、この手の話にかかわることはむしろ好まない夫が、ふたりに見合いをさせるよう言い出した。見合いと言っても、仕来《しきた》りにのっとっておこなう正式な形はとらず、無理強いはしないから、気楽に会ってみてはどうかというもので、唯一、眞砂子が段取りしたのは、その日の午後、二歳になる息子を母親に預けることぐらいだった。

その若者がいま、この家の客間に座している。彼の白い制服姿には非の打ち所がなかった。背すじをぴんと伸ばし、両手を膝に、制帽は脇におかれていた。若者は手土産にみかんのゼリーを持ってきた。もののない時代に、それは贅沢品だった。みかんは島にいくらでもあったが、砂糖はどこで手に入れたのだろう……。眞砂子は湯呑みと急須を準備していた。いやが上にもそわそわしてしまう。嘉昭は武家の血をひいており、父親は政府高官だ。一方の藤村家はといえば、何代か前から野良仕事こそしなくなっていたものの、農家であることにちがいはない。五十年も前なら、嘉昭とゆり子が結婚するなど考えられないことだった。実際、両家にはまだまだ大きな差もある。当人たちはどうあれ、家族の目にはそれが見えていた。読書好きが共通しているというだけでは、双方の関係を固めるには不十分だ。

そのうえゆり子はかなり気難しく、好みもうるさいときている。これまでお相手にどうかと紹介された男性は、ひとりとして気に入らなかった。ひと昔前なら、親の決めたことには口をはさまずに従うしかなかったというのに……。いや、多くの家庭ではいまだにそうだ。ゆり子は、お父さんは古いと文句を言うが、それはちがう。大多数の同世代に比べると進歩的な人だ。母にいたっては言うにおよばず、子どもたちになにかを強要するようなことは決してなかった。ともあれ妹は、婚期を逃したくなければ、遅くとも二、三年のうちにはどなたかの結婚の申し出を受けるしかないのだ。そのため、眞砂子は胸の内で強く願っていた。ああ、客間で辛抱強く待っているあの洗練された若者がどうかゆり子の心に響きますように！

しかし眞砂子は、夫がこの縁談を進めようとしているのはゆり子のためだけを思ってのことではないと感じていた。嘉昭は、兵学校で教鞭を執っている夫の生徒にあたり、軍人ではあっても勇ましい軍国主義者ではなく、むしろその逆だった。海軍兵学校に入学したのは、そのほうが階級昇進が早いと見込んだ両親の意向に従ってのことで、本人は、平和の世であれば教職に就きたいと思っていた。誰もが頭に血が上ったようになっているこの国にありながら、それだけでも嘉昭は理想の義弟だと、そのとき客間で嘉昭の話し相手をしていた喬生の目には映ったのだろう。

眞砂子が客人にお茶を出していると、玄関の戸が開く音がし、続いて、お邪魔しますというゆり子の透き通った声が響いた。ほどなくしてゆり子が座敷に入ってきた。堅苦しい見合いにならないようにと、姉に言われたとおり和装をやめて、水色のプリーツスカートと半袖の白い絹のブラウスを着ている。手には紺のウールのカーディガンを持っていたが、十一月初旬の陽光あふれる午後は暖かく、なくとも平気なほどだった。

客間に入るなり、ゆり子は畳に膝をついて礼儀正しくお辞儀をした。嘉昭もおなじようにかしこまってお辞儀を返す。互いの紹介を買って出た喬生は、堅苦しくなりすぎないようにと気を配っている。ところが、自然に振る舞おうとすればするほどよけいにしゃちほこばって、なんだかつっけんどんになってしまった。

戦死したお兄さんについてお悔やみの言葉を口にしたあと、ゆり子は座卓についた。卓上には湯呑みと急須がおかれ、浅皿にふるふると揺れるみかんゼリーが乗せられていた。眞砂子は妹に茶をついでやり、ゼリーは島津さんからのお土産だからひと口いただきなさいと勧める。ゆり子は小声で礼を言うと、頬を赤く染め、何度目かわからないお辞儀をした。

一同の気詰まりは、ゼリーを味わうあいだのちょっとしたやりとりで和らいだ。それぞれの皿を手にとり、ときおり茶をすすりながら、竹でできた華奢な菓子切りで小さく切って口に運ぶ。ゼリーの口当たりや、みかんの品質、地方ごとに異なる作り方、そして栗や小豆や抹茶など味にもいろいろあるといった、思い思いの感想が交わされた（眞砂子が危惧していたとおり、甘味が足りなかったが、それについては誰も口にしなかった）。眞砂子はお代わりのゼリーを切って、嘉昭、喬生、ゆり子それぞれの皿に取り分け、茶もつぎなおした。ところが、そこでまたしても静まり返ってしまった。

「島津さんは、この島にしばらくおられる予定ですか」沈黙をやぶるために、眞砂子が尋ねた。

「あと五か月はおります」青年が答えた。

「島津は春に課程を修了して少尉になるんじゃ」喬生が補足したが、この話はもう何度も眞砂子にしていた。

「ほうですか。ほいで島にはいつ来られたんですか」

「この春で三年になります」青年はそう言うと押し黙った。

「兵学校は三年制なんじゃ」ふたたび喬生が口をはさんだ。

「ああ、ほうね」眞砂子は言ったが、知らないふりをするのもそろそろつらくなってきた。兵学校の学生が三年間の課程を終えて少尉になることぐらい、子どもだって知っている。

また静寂が流れた。四人の思いはおなじところにあった。兵学校を卒業すれば、嘉昭は間違いなく軍艦に乗り込み、出征するだろう。

「海軍兵学校に入学する前、島津は哲学を学んだんじゃ」喬生が口をひらいた。

「あら、ほんまに？」眞砂子は、これもまた知らなかったことにして、微笑んだ。

青年は口のなかで、ええ、と曖昧に言った。

「主人に聞きよりましたんですが、ご家族は東京にお住まいじゃとか……」

「はい、しかし元々は京都の出です」

「あら、知らんかった……お生まれはどちらで」

「東京です」

眞砂子は母親に子どもを預けたことを後悔した。あの子がいたらもう少しこの場も活気づいただろうに。

「ほいで……ぶしつけですけど、島津さんはいくつになりんさるんで」質問を重ねた。

「二十四です」

なにか答えるたびに青年は会釈をしたが、相変わらず石のように硬いままで、視線もまっすぐ前を見据えていた。島津がこれほど緊張しているのは、当然、本人にも前もって知らされていた会の目的に加えて、教官である喬生の存在もあるのだろう。ゆり子はといえば、息をしているのかさえ怪しいぐらいに静かだった。

およそ一時間の見合いのあいだ、会話はぽつりぽつりとしか進まなかった。米軍による本土空襲、それによって一般国民にまで危険がおよんでいること、食糧が不足していること、日用品の多くが手に入りにくいことなどが話題になった。島津は、どのような質問であろうと、簡潔ながら礼儀正しく返答し、地元の人たちの優しさを称え、兵学校の日常生活についていくらか話したが、自分からなにか尋ねることはなく、質問がゆり子に向くことはなおさらなかった。趣味嗜好について訊こうともしないし、どのような銃後の務めを果たしておられますか、といった海兵学生らしい質問もしない。眞砂子のほうから、妹は戦争に行っていないほかの家族とともに畑仕事を手伝っていると説明した。眞砂子自身は、小さい息子がいるうえに、四か月の身重だったために、畑仕事は免除されていた。

「ほら」と眞砂子は言った。「働き手はほとんどみんな召集で行ってしもうたから、数少ない残ったもんが頑張らんといけんのです。それに収穫したもんのほとんどは供出になるでしょう……」

続きは言わなかった。供出に不満を持っているように思われてはいけない。でもそれは眞砂子の取り越し苦労だった。島津が、帝国海軍の一員である自分も、藤村家の皆さんにご苦労をかけ、不便な思いをさせている側であることをたいへん心苦しく思うとすぐに返したからだ。それは、その日の午後に彼が発したいちばん長い台詞だった。上官の耳に入ったならば面倒なことになりそうな発言だったが、この家ではある程度の自由が許されると承知したうえでの言葉だった。喬生は、社会主義的な理想に共感を抱いていることを自ら島津に明かしたりしはなかったが（少なくとも妻には、そう誓っていた）、戦争礼賛の風潮に与《くみ》していないことは、容易に察しがついた。

その日、若いふたりが言葉を交わすことはとうとうなかったけれども、一度だけじっと目を見つめ合ったとき、ふたりとも赤くなった。眞砂子はそれを見逃さなかった。ゆり子はどう思っているのだろう。ふだんは快活で、機知に富んだ子だけれど、いまの表情からはわからない。だからといって、島津にまったく無関心ということでもなさそうだと、眞砂子は推しはかるのだった。

島津が帰ったあと、ようやくゆり子は従来の飾らない態度をとりもどした。けれども、島津のことはなにも言わなかった。台所で湯呑みや小皿を一緒に洗いながら、眞砂子はなんとかして印象を聞き出そうとした。

「ほいで、どがいなね？」布巾をかけて、自分の肩をさすりながら訊いた。一時間あまりのうちにため込んだ緊張で、どっと疲れていた。

「なにが？」ゆり子が返す。

「とぼけんさんなや。なんの話かわかっとるじゃろ」

「まあ、礼儀正しい人じゃ思うけど」

「礼儀正しい人て！　ほらほうじゃ、お家柄もええんじゃけん。頭も良さそうじゃない？」

「ええ、まあ……」

「よう気がつきそうじゃし」

「まあ……ちょっとしかしゃべらんかったけん……」

「いや、あんたはひと言もしゃべっとらんわ。しゃべっとったんはうちの人とうちだけ。もうちょっとどがいかできんかったん」

「女のほうはしゃべらんのが普通でしょ、あがいなときは」ゆり子は突然いつもの勝ち気さを見せて反発した。

眞砂子は驚いて妹の顔を見た。いつからそがいな仕来《しきた》りに従順な子になったん？　お父さんにおとなしゅうせえ！て言われたゆうて、いっつも文句言いよるのはどこの誰よ？

眞砂子はため息をついた。問題は、あの若者もゆり子に負けないぐらい緊張していたことだ。こういう状況では、男の側にもう少し主導権を握ってもらいたいところなのに……。

「でも、美男子なんは間違いないね」夫の計画が水の泡となっても仕方ないと思いながら、眞砂子は言った。

ゆり子は口もとに笑みを浮かべ、「お姉ちゃん、うちゃあ、気に入ってもらえたじゃろうか」と尋ねた。

午後から、わたしたちは三人で旧海軍兵学校を見学に行った。現在の海上自衛隊第一術科学校の敷地内に、当時のままの建物がいくつか残されている。本来は訪れるつもりなどなかったのだけれど、島の名所旧跡のひとつだから、ぜひ案内したいと、ゆり子が言い張ったのだ。

それは、お昼前に三人で台所に立っていたとき、ゆり子が出し抜けに言い出したことだった。お墓参りをすませて帰宅したばかりで、姪とその夫、そしてまだ幼いふたりの娘を昼食に招待していた眞砂子とゆり子は、支度のためにせわしげに立ち働いていた。

「若い人に、海軍の資料館なんて興味ないんじゃないかしら」眞砂子はその提案に乗り気でないらしく、反論した。

わたしは、義母の意向に逆らうことになるのを承知で、行ってみたいと言った。それが素直な気持ちだったし、同時に、ゆり子のこだわりが伝わってきたからでもあった。

「でも、時間がないでしょう」眞砂子は相変わらず難色を示している。

「時間ならあるわいね。今日の午後とか」ゆり子は言った。一般公開の時間を把握しているらしく、最終回は午後の四時からだと言った。

「あんたは、いったん言い出したら絶対にあとには引かんのじゃけん」眞砂子も最後には折れた。

わたしはふたりの手伝いをするために卓袱台《ちゃぶだい》を整えた。台所にもどろうとしたところで、姉妹の言い争う声がした。わたしは廊下で足をとめて、聞くともなしに聞いてしまった。

「……あんたは来るべきじゃない」眞砂子が言った。

「お姉さんたちふたりで行かせるなんて、そんな失礼なことできんでしょ」

「なに言いよるんね。そんなのただの言い訳でしょ。あんたはなにかと口実を見つけては、あそこに行きたがっとるだけじゃない。そのたびに心が乱れるくせに」

「乱れたりしやせんよ。そんなの、お姉さんと新樹お兄さん、それにツヤちゃんが勝手に決めつけとるだけよ。どうせ、うちのことを頭がおかしいとでも思うとるんでしょ?」

「馬鹿なこと言わんといて。あそこには、思い出がありすぎるの。つらい思い出ばかりがね。わたしだってつらいんじゃもの、あんたはもっとつらいはずよ」

「思い出なら、至るところにあるわいね。わたしの心のなかにもね。ほいじゃけ、海軍兵学校へ行こうが行くまいが、わたしにとってはなんも変わらんの」

眞砂子はそれ以上言い返さなかった。わたしは、すべすべに磨かれた木の廊下を、足音を忍ばせて引き返した。

海上自衛隊の海軍学校は、広大な敷地に大きな建物がいくつか点在する、総合的な施設だった。新しい建物もあるが、明らかに戦前のものと見られる建物も残っている。自衛隊の敷地内なので自由に立ち入ることは許されず、案内係の指示にしたがって、グループでまわることが義務づけられていた。所要時間は一時間半。そのうちの五十分が教育参考館に収められた資料の見学に充てられる。日本人ばかりの少人数の観光客が、門の脇で午後の最終の見学会がはじまるのを待っていた。

わたしたちのほうに向かって歩いてくる案内係らしき人――紺の制服に身を包んだ六十がらみの男性――は、ゆり子叔母さんと顔見知りらしく、軽く会釈をした。次いで、あたかも賓客を迎えるかのように、わたしにお辞儀をした。その人は海軍に勤務していた元軍人で、海軍兵学校を祖国の誉れだと思い、案内の仕事に誇りを持っているらしかった。いくつもの数字や名前を次から次へと挙げながら大きな声で滔々《とうとう》と語りつづけ、要所要所で笑いをとることも忘れない。ただ、わたしには彼の解説がほとんど理解できなかったので、もっぱら美しい庭園を眺め、ツツジが花盛りの見事な植え込みや、松がそこここに配された芝生を愛でていた。桜の花はとっくに散り、枝はやわらかな緑の若葉で覆われていた。

最初に見学したのは、卒業式をはじめ、いろいろな儀式の場となっていた大講堂だった。戦前には天皇陛下のご臨席のもとで卒業式がおこなわれていたと説明する案内係の声は、感極まって震えていた。

次いで、右手に連なる建物を眺めながら通路に沿って進んでいく。左手には海が見晴らせ、埠頭に沿って小型の軍用船が係留されていたが、外部の見学者は近づけないようになっていた。海岸では、戦艦大和の砲塔が海を見据えていた。午後の明るい陽射しのなか、立ち止まっては悠然と記念写真を撮る観光客たちと一緒に歩いていると、戦時中の兵学校の雰囲気を想像することは困難だった。休みなしに続く軍事演習、怒声のごとく飛び交う指令、それに小走りで従う兵士たち……。わたしの頭のなかには、第二次世界大戦を扱った映画によって欧州に流布したステレオタイプのイメージばかりが浮かんできて、当時の海軍兵学校での日々が実際のところどのようなものだったかはわからなかった。

けれども、おそらくゆり子はまざまざと記憶しているにちがいない。わたしはときおり彼女のほうを見やった。案内係の説明を聞いているふうではなく、足取りを緩めようともせずに次の見学場所へと歩いていく。なにやら考えごとに頭をとらわれているようすだった。ところが赤レンガ造りの建物が見えてきたとたん、俄然として興味を示しはじめた。率先して歩いていき、扉の閉まった正面玄関の前で立ち止まると、いくつもならぶ大きな窓を見あげた。その建物は外からしか見学が許されておらず、扉のなかに入ることはできなかった。観光客のグループは、写真を何枚か撮ると、案内係についてふたたび歩きはじめた。ところがゆり子は動こうとしない。おそらく妹のことを気にかけていたのだろう、傍《かたわ》らにいた眞砂子が優しく腕をつかんで、引き寄せた。

ゆり子は名残惜しそうにしながらも、うながされるままに歩き出した。案内係の説明からわたしが理解したかぎりでは、その赤レンガの建物は敷地内でもっとも古く、ほかでもなく兵学校の校舎だったらしい。その建物で代々の海軍兵学校の生徒たちが寝泊まりし、授業も受けていたというわけだ。

次に訪れた教育参考館は、正面にギリシア神殿を模した円柱が配された、けっして趣味がよいとはいえない白っぽい建物だった。脇には、真珠湾攻撃の際に用いられた潜航艇も展示されている。緑に囲まれた庭園のなか、そこだけなにか場違いな緊張感が漂っていた。もしかすると、平和条約を締結した日本では、潜航艇の役割はもはや終わったということを強調するために、意図してそこに展示したのかもしれない。

参考館の内部はいくつもの部屋に分かれていて、さまざまな時代の船舶の模型や海図、航海道具、歴史資料、日露戦争や第一次世界大戦当時の軍艦や兵士、将校たちの写真などが展示されている。太平洋戦争に関する資料も数多い。写真や、戦況報告書（とりわけ勝利を収めた戦いのもの）、戦闘機のレプリカ、それに本物のミサイルや魚雷などもあった。

ゆり子は周囲をぼんやりと眺めてばかりいて、そのたびに後れをとり、みんなとの距離があいてしまうのだった。一度などは案内係が、まるで子どもを叱るときのような、優しさのなかに厳しさのにじみ出る口調でゆり子を呼んだ。片時も離れずにゆり子を見守っていた眞砂子も、みんなについて歩くようにとうながした。わたしは、何度となく立ち止まってはふたりを待った。

「神風」という通称で呼ばれる特攻隊に関する資料は、二室にわたって展示されていた。A6M零式艦上戦闘機（零戦）に乗り込んで、体当たりの自爆攻撃を仕掛けるという任務に臨み、キャプションの言葉を用いるならば、「英雄的な死を遂げた」隊員たちの写真だけでなく、その遺品も数多く展示されている。花をつけた桃の枝を振りながら、飛び立っていく戦闘機を見送る制服姿の女学生たちの写真もあった。一枚の大きな油絵には、フィリピンのマバラカット基地で離陸の準備をしながら、大西中将と水杯《みずさかずき》を交わす五人の特攻隊員の姿が描かれている。大西中将については、一九四五年八月十六日、終戦直後に割腹自決したことも記されていた。そのほか、特攻隊員が最後の任務に赴く前に、妻や婚約者をはじめとする家族に宛てた遺書や日記、詠んだ詩なども展示されていた。そうした文章は巻かれた和紙に美しい毛筆で書かれたものもあった。読んで理解することはわたしには難しかったけれども、それでもいたく心が乱れた。参考館の随所に漂う称賛の空気はわたしを苛立たせ、居心地の悪さを覚えた。その一方で、自ら信じた大義のために命を落としていった年若き者たちが過ごした最後の日々を物語る遺品を前に、心揺さぶられずにはいられなかった。実際のところ、まだあどけなさの残る面差しの隊員もいる。そうした兵士たちの大半は、「天皇陛下万歳」を叫びながら桜の花の散るように死んでいくことこそが誉れであるという死の美学にもとづいた洗脳や訓練を受けた末に、特攻隊を志願させられた純朴な学生たちだったのだ。

そのときふと、ゆり子の夫だったという人も、あるいはそうした戦闘で命を落とした兵士のひとりだったのかもしれないという疑問が頭をよぎった。ゆり子は実のところ未亡人なのだけれども、日本が降伏したために、真実を語ると肩身の狭い思いをするので隠しているのかもしれない……。

わたしは改めてゆり子のほうを振り返った。先ほどと同様、ぼんやりとした面持ちで立ち尽くしていて、展示物にはまったく興味を示さない。特攻隊には関心がないようだった。いや、ゆり子は「栄誉の戦死」を遂げた兵士の妻ではない。もしも夫が特攻隊員として死んでいった若者だったのなら、アメリカ軍による占領が終わったあとの江田島で、敬われる存在となっていたことだろう。ゆり子が兵学校を何度も訪れているのは、元夫の存在を身近に感じていたいからにちがいない。あえて自分を苦しめることを好む人もいるものだ。わたしは胸の内でそんなふうに考えていた。

翌日の日曜日は、夕方の六時ごろに叔父の新樹の家を訪問することになっていた。

そのため、眞砂子は紫色の正絹の着物に、ゆり子は紺と鼠色《ねずみいろ》の縞が入った木綿の着物に、それぞれ着替えていた。とりわけゆり子の木綿の着物は、モダンな柄で美しかった。そこでわたしは、新しい着物なのか尋ねてみた。

「いいえ、ちっとも」彼女は不意を衝かれたような顔で答えた。「母が仕立ててくれたんです。そうじゃねえ……もう三十年近くも前になるかしら」

「そうそう、お母さんゆうたら、どうしてもあんたに着物を着せとうてね……」軽い皮肉をこめて眞砂子が言った。

ゆり子は振り返り、なにも言わずに姉の顔をじっと見た。そのためこちらには背を向ける恰好となり、わたしにはその表情はうかがえなかった。

わたしはといえば、以前に一度だけ無謀にも着物を着ようとしたところ、散々な結果に終わったことがあり、以来、着物は完全にあきらめていた。その代わり、その日のために持ってきていたターコイズブルーの麻のテーラードスーツを着た。言わば勝負服だ。六時十五分前、呼んであったタクシーが到着し、三人そろって後部座席に乗り込んだ。わたしが真ん中だ。

新樹は、ゆり子の家から少し奥まったところにある一軒家に住んでいた。走っているタクシーのなかで眞砂子が説明してくれたところによると、先祖は代々の地主で、広大な土地を所有していたが、戦後アメリカ軍の主導でおこなわれた農地改革により、ごく一部しか手元に残らなかった。その土地はいま、新樹が管理しているということだった。

二階建ての家屋は、ゆり子叔母さんの家とおなじ様式だったけれども、リフォームしたばかりらしかった。花の咲き誇る見事な生け垣に囲まれた庭には、砂利を敷き詰めた小道が鯉の泳ぐ池までのびていた。わたしたちの到着を、玄関先で家族全員が一列にならんで出迎えてくれた。

新樹は、白髪まじりの頭に日焼けした顔の、痩身ではあったけれどまだまだ屈強な人物だった。隣の、黄金のリンゴ《レネット》を思わせるにこやかな丸顔の小柄な女性は妻の悦子。若々しく恰幅のいい三十代半ばぐらいの男性が息子の賢治で、それよりも何歳か年下に見える、優しい笑みに物腰の柔らかな色白の女性は、結婚相手の美登里《みどり》だった。五歳の息子の誠《まこと》が、母親の後ろから半分だけ顔を出し、わたしのことを下からのぞき込んでいる。

わたしたちは畳敷きの客間に通された。何度もお辞儀をし合い、笑顔で社交辞令を述べたあと、手土産を渡した。義母は大阪の銘菓を、わたしは、イタリアから届いたばかりの乾燥ポルチーニ茸を持参していた。それと、誠にはアルファロメオのミニカー。差し出された包みを受けとった誠は、開けてもいいかと母親に許可を求めた。中身がなにかわかるなり、満面の笑みを浮かべて赤い車を取り出した。大の車好きで、集めているミニカーに新たな一台が加わったのが嬉しくてたまらないようすだった。繰り返し礼を述べる両親を尻目に、誠はさっそくぜんまいを巻き、畳のうえでアルファロメオを走らせはじめた。誰に教わらなくとも遊び方がわかるらしい。

そのとき、玄関先で、ごめんくださいという声がした。眞砂子の従姉のツヤが、夫と連れ立って訪ねてきたのだ。ツヤは、よくしゃべる、ふくよかな女性だった。パーマをかけてショートにした髪は不自然なほどに黒かった。わたしが日本語を話すとわかると、歓喜して矢継ぎ早に質問をしてきた。江田島は気に入った？　日本料理はお好き？　大阪は暮らしやすい？　傍らの旦那さんは物静かで優しそうな人で、にこやかな笑みを浮かべながら、何度もうなずいていた。

全員が揃ったところで食事の間へと移動した。長くて低い座卓の上には、すでにご馳走がならんでいる。家の女主人である悦子は、嫁の美登里を伴って台所に引っ込んでしまった。

「かまわんといてちょうだいね」ならべられていた座布団のひとつに座りながら、眞砂子が奥に声をかける。「家族なんじゃけん、気遣いは無用よ」

「姉さんこそ、そんなにめかし込んで。着物なんてうちの娘の結婚式以来じゃないんか？」叔父の新樹も言葉を返した。「新しい姪《めい》っ子ができたんじゃ。盛大に歓迎せにゃの」

わたしは、それらしき言葉を口のなかでぶつぶつと唱えながら、感謝の気持ちをこめてお辞儀をした。

「江田島の名物料理は、なんか食べたんね？」ツヤが親しげな口調で話しかけてきた。

「小鰯の天婦羅は？」

「いいえ、まだです」と、わたしは答えた。

「あら、ほいじゃったら食べさせてあげんにゃ！　今晩のお夕食にはあるんかしら」周囲を見まわしながら、誰にともなくそう尋ねる。

「いいえ。夕飯は、伊東のじいさんが持ってきてくれた平目と鯛、それに海老と蛸です」鰯などという庶民的な魚は、我が家では客には振るまわないとでもいうような口調で、賢治が答えた。

「伊東のおじいさんは、まだ漁に出とるんね？」眞砂子が訊いた。

「もちろんよね。そのたんびに、いちばんええ魚をうちに持ってきてくれるんじゃけん」

「お元気なんかしら?」ゆり子が上目づかいに甥を見ながら訊いた。新樹の家に来てからというもの、ゆり子が言葉を発したのはそれが初めてだった。とたんに、みんなが一瞬黙り込んだ。賢治は、いったん父親と目線を交わしてから、ゆり子に向きなおって答えた。

「ええ、相変わらずお元気ですよ」

ゆり子はうなずいただけだった。その奇妙な一瞬の沈黙を挟んで、ふたたび会話が続けられた。ツヤは、明日の昼ごはんを食べに、ぜひ家にきてくれと言い出して、引き下がろうとしない。これまで一度も食べたことのないような、おいしい天婦羅をご馳走すると言う。もちろん小鰯だけじゃのうてね、と笑った。隣で旦那さんまで一緒になって誘っている。

「せっかくなんじゃけど、明日のお昼過ぎには島を発たないといけないの。四時の新幹線を予約してあるから……」眞砂子が誘いを断ろうとした。

「あら、ほいじゃったらじゅうぶん間に合うじゃない」ツヤは有無を言わせない。「荷物の支度を済ませて、十二時にうちへ来て。二時にはフェリー乗り場まで送ってあげるけん。もちろん、ゆり子さんも一緒に来てちょうだいよ」

「旦那も連れてくりゃあよかったのに」新樹がわたしに向かって言った。「あいつにはもう何年も会うとらんよ。たしか……。眞砂子姉さん、あいつが最後に島へ来たのはいつじやったかい？」

「十年ぐらい前じゃったと思うけれど」

「いいや、もっと前よ」賢治が横から口をはさんだ。「十五年は経つんじゃないんか。ぼくがまだ学生じゃったころじゃけん」

「まったく、いまどきの若いもんいうたら。少しばかり外国で暮らしたけえいうて、もったいぶりやがって！」新樹が言った。

わたしは、夫にはそんなつもりは微塵もなく、仕事の都合で大阪を離れられなかっただけなのだと弁明した。

「ふたりは学生時代に知り合うたんでしょ？」座卓に大豆の煮豆を盛った鉢をふたつならべながら、美登里が尋ねた。

「ええ、そうなんです」と、わたしは答えた。

「まあ、ロマンチックじゃねえ」夢でも見るような目つきでそうつぶやくと、美登里は台所に引っ込んだ。

するとゆり子も席を立ち、手伝いをするために美登里のあとをついて台所へ入っていった。わたしも、手伝いますと言って立ちあがろうとしたところを、新樹に引きとめられた。

「せっかくの休みなんだから、ここへ来てまで働くことはなかろう」その声色からは、どことなく批判めいたものが感じられた。おそらく、女性が結婚したあとにまで仕事を続けることを快く思っていないのだろう。夫が、この新樹という叔父に対してあまり好感を抱いていない理由が、少しわかったような気がした。

悦子と美登里、そしてゆり子が、料理の盛られたお皿を次から次へと運んでくる。三人が座るのを待って、両手を合わせて軽くお辞儀をしながら、「いただきます」と言った。それから銘々に料理を取り分ける。あらゆることがそうだけれども、ここでも男が優先だった。ほうれん草を胡麻と醬油で和えたもの、筍のうま煮、揚げ出し豆腐、わたしの知らない野菜（名前を聞いたものの、その場で忘れてしまった）の料理が二品ほど、それと、言うまでもなく地元で獲れた豊かな海の幸に、このうえなく新鮮な刺身の盛り合わせ……。顔合わせの宴席は、いつ果てるともなく続いた。

イタリアについて、家族について、矢継ぎ早の質問がわたしに向けられた。わたしたちが結婚してわずか数か月後、まだフランスで暮らしていたときにイタリアの父が亡くなったことを話すと、みんながお悔やみの言葉をかけてくれた。次いで悦子叔母さんが、これはみんなの気持ちなのだけれど……と前置きしてから、自分の国にもどって家族のそばで暮らしたいという夫の気持ちを汲んで、一緒に日本に移り住む決心をしてくれてありがとうと、感謝の言葉を口にした。改まった口調で述べられたその言葉を聞いて、わたしは顔が赤くなる思いだった。一同は、そのとおりだというように笑みを浮かべてうなずきながら、こちらを見つめている。実際の経緯《いきさつ》は、そんな解釈とは異なることを知っている義母の眞砂子は、いわくありげな眼差しをこちらに向けたものの、なにも言わなかった。みんなの思い込みをあえて訂正することもないというわたしの気持ちを察してくれたのだろう。

実のところ、日本に移り住みたいと言い出したのはわたしのほうだ。初めて日本を訪れたのは、夫との新婚旅行だった。観光で各地をめぐったのち、最後の二週間を大阪の郊外の閑静な住宅街にある、夫の両親の家で過ごした。そのときわたしは、そのまま欧州にはもどらずに、ずっとここで暮らしたいと強く思ったのだった。九月のことで、夏のうだるような暑さが和らぎ、空気の乾燥した心地よい季節がめぐってきたところだった。空は輝くような青さで、小ぢんまりとした庭を囲む生け垣には黄色い花が咲き、オレンジの花に似た芳香を放っていた。といっても、わたしがそれまで一度も経験したことのないような平穏を覚えたのは、たんにその場所や気候が心地よかったからだけではない。建具は紙でできていて、床は畳敷きのその木造の家で、わたしは自分が無条件の愛情で受け容れられていると感じていた。なにか場違いなことを言ったり、間違ったことをしでかしたりするのではあるまいかと恐れることも、なにかにつけて義父や義母に認めてもらわなければと感じることもなかった。それは、子どものころから四六時中、父と母の深い愛情を受けるにふさわしい娘であると示しつづけることを求められ、両親の期待に応えられないのではないかという底なしの不安に苛《さいな》まれていたわたしにとって、まったく経験したことのない感覚だった。

夫の家族と過ごしているうちに、わたしのなかで、そうした積年の緊張感が陽射しを浴びた雪のように融けていった。義父母の暮らしに馴染むための努力は、少しも苦にならないどころか、むしろ喜びでさえあった。たとえ、わたしがふたりの習慣を知らずになにか不都合なことをしたとしても、義父母は許してくれ、わたしが進んでしたことならば、なんであれ尊重してくれるだろうと肌で感じていたからだ。わたしが彼らの息子を愛し、息子はわたしを愛している。ただそれだけの理由から、義父母はわたしのことを大切に思ってくれていた。大方の日本人がそうであるように、感情を言葉で表現するような人たちではなかったけれども、度を過ぎることもなく、無理をするでもなく、わたしに対してごく自然に気を配ってくれるふたりの態度からは、十二分に愛情が感じられた。

そんなふうに、自分は歓待されていると実感できるこの国に、しばらくとどまってみたかった。とはいえ、夫もわたしもパリで仕事を持っていたから、いきなりすべてから手を引くことはできなかった。それでも、ふたたび日本に渡り、しばらく暮らしてみたいという思いは、わたしの頭のなかですでに具体的な像を結びはじめていた。そして、それから三年もしないうちに実現することになる。家族や友人に対しては、洗練された日本の文化に惹かれたのだと表向きの説明をしていたけれど、本当は、あのとき感じた穏やかな精神状態をふたたび見出したいという願いがわたしを突き動かしていたのだった。それを理解してくれていた夫は、わたしの決断に喜んで従ってくれた。

そんなわたしの追想は、日本料理は作れるのかという質問によって中断された。ごく簡単なものだったら、台所に立つ義母の見よう見まねで覚えたと答えた。すると美登里が、「わたしスパゲッティもピッツァも大好きなんよね」と横から口をはさんだ。それをきっかけに、イタリア料理の話題でひとしきり盛りあがった。若者たちは、日本で根づきはじめていたイタリア料理ブームを受けて開店したばかりの、江田島で唯一のイタリアンレストランに満足しているようだったけれども、年長者たちは、外国料理というだけで疑ってかかっているらしかった。ただし、中華料理だけは別格らしい。わたしが、イタリアも北部ではお米の栽培がさかんで、食卓によくのぼると説明すると、ならば食文化は許容範囲なのかもしれないと、妙に納得していた。

そんなとりとめもない会話に、ゆり子はほとんど加わろうとしなかった。わたしや眞砂子と三人でいるときに比べて、新樹の家ではたいそう無口だった。みんなの話にも上の空で、退屈しているようにさえ見受けられた。ただ、三回ほど立ちあがり、空になったお皿を台所へ運ぶのを手伝っていた。悦子と美登里は、台所から出たり入ったりしながら甲斐がいしく立ち働き、ゆり子のことはほとんど気にかけていなかった。隣に座っていた眞砂子が、ときおり声をかける程度だ。一方、ツヤの関心は、ひたすらわたしに向けられていた。ツヤの夫は、土地のことでなにやら新樹と話し合っているし、賢治はあぐらをかいて息子の誠を膝に抱き、タコを食べさせようとしている。燗をつけた徳利や、冷やしたビール瓶が次から次へと運ばれてきたけれども、飲んでいるのは男性陣ばかりだった。ビールがあまり得意でないわたしは、日本酒をいただくことにした。

しばらくすると、誠が父親の膝から降り、またアルファロメオのミニカーを畳の上で走らせて遊びはじめた。みんなが食事をしている部屋で子どもが駆けまわって遊んでいても、行儀が悪いとは誰も思わないらしかった。

「いただいたプレゼント、とても気に入ったみたいで……」母親の美登里が言った。「きっと今夜は、このミニカーを持って寝るんじゃないかねぇ」

誠は、わたしの顔をちらちらと見ることはあっても、決して近づこうとしない。そこで声をかけてみた。「赤が好きなの?」彼はなにも答えずに、こちらをしばらく見返していたものの、助けを求めるように、母親に視線を移した。

そのとき、叔父の新樹がなにやら言葉を発したのだけれど、わたしにはその意味が理解できなかった。困った顔をしているわたしを見かねて、眞砂子が説明してくれた。

「誠は、色を見分けることができないのよ」

誰がそんなことを予想しただろうか……。

「すみません、知らなくて……」わたしは口ごもった。

すると、誠の両親がすかさずかばってくれた。「気にせんといてね。いただいたミニカー、ほんまに気に入っとるみたいじゃけん……」

「江田島の観光はしたんね？」おそらく話題を変えるためだろう、ツヤが言った。

「ええ、少し案内してもらいました」

「旦那と一緒に、夏にまた来《き》んさい。とてもきれいな砂浜があるんよ」

ぜひまた来たいと答えたものの、心の内ではたぶん難しいだろうと思っていた。そのとき、それまではわたしにひと言も声をかけていなかったツヤの旦那さんが、愛想のよい笑みを浮かべて言った。

「海軍兵学校の教育参考館には行きましたか？」

「はい、昨日」と、わたしは答えた。

「いかがでした？」

「とても興味深かったです」

「眞砂子伯母さんと一緒に行ったんね？」横から賢治が尋ねる。

「三人で行ってきたわ」わたしの代わりに眞砂子が返事をした。

「三人って、どういうことや？」新樹が、出し抜けに皿から顔をあげた。

「ゆり子とわたしと、三人でよ」

「ゆり子、たしか約束したよのう……」新樹は、妹のほうに向きなおり、なにか言いかけたものの、途中で口をつぐんでしまった。とにかく納得できないというように頭を振っている。すると、ゆり子の顔がたちまち翳《かげ》り、苛立ちの表情が浮かんだ。返事をするべきかどうか決めかねているようだった。

「わたしはなんにも約束なんてしとりません」物静かな口調で兄に反論した。「お兄さんは、どうしていつもそうやって、悲劇かなにかのような態度をとるんね？」

「行けば悲しい思いをするだけじゃいうてわかっとるじゃろう」

「新樹、あんたは余計な心配しなくてええの。楽しく見学してきたんだから」眞砂子が、ふだん息子たちに対しても使わないような威圧的な口調で弟を制した。

「ほうよ。とても楽しかったわ」ゆり子も同意した。

このときも会話の流れを変えようとしたのはツヤだった。

「あそこはツツジがきれいじゃったでしょう。いまの時期はほんまに見事よね」

「ぼくも、パパと潜水艦を見にいったんじゃ！」ここぞとばかりに誠もしゃべりだした。

「でっかかったよ。ぼく、大きゅうなったら潜水艦の乗組員になるんよ」

誠の言葉に、みんなが笑った。

「兵学校ではほかになにを見た？」わたしは誠に訊いてみた。

「大きな大砲。それとミサイルと、えっと……。パパ、なんて言うんじゃった？」

「魚雷じゃろう」賢治が教える。

「そう、魚雷」誠は父の言葉を繰り返した。

「おまえらは、まるで遊園地かなにかのように兵学校のことを話すんじゃのう」新樹が陰鬱な面持ちで言った。

「よしてくださいよ、お父さん。寺じゃあるまいし。お遍路にでも行けいうんですか？潜水艦を見せに子どもを連れていったって、べつにかまわんじゃないですか」

「あれがただの潜水艦じゃないことぐらい、おまえだってわかっとるはずじゃ。あの潜水艦がどんな役割を担ったか、説明したんじゃろうな」

「お父さん、誠はまだ五歳ですよ。小学校にあがったら歴史も教わるでしょう」

新樹は深いため息をつくと、こんどはわたしに向かって言った。

「特攻隊に関する資料が展示されとる部屋も見ましたか？」

「はい、見ました」

「あの若者たちは、英雄と謳われました。彼らを突き動かしていた理想を共有するかどうかは別として、英雄としての死じゃったことは否定できません。青春真っ盛りの若者たちが、祖国のために死んでいった……」

「そうですね。わたしもそう思います」議論を吹っかけるような新樹の口ぶりには気づかないふりをして、当たり障りのない返事をした。下手に反論して、義母をはじめ、その場にいる人たちに気まずい思いをさせたくなかった。

「新樹、青春の真っ盛りに英雄として死んでいった若者たちは、どこの国にだっておったんじゃけん……」わたしが新樹に反論しないですむように、ツヤが割って入った。

「だからなんです？」

「だから、ええかげん、そういうことにはすべて蓋をしたらどう？　何年も昔のことなんじゃけん」

「わたしだって、過去に蓋ができるものなら、それに越したことはないと思うとりますよ。熱狂的な愛国者じゃったことなんか一度もない。一兵卒としての義務を果たしたまでじゃ。ただ、何年も経ったいまでもなお、苦しんどる人がおるということは忘れるべきじゃないと思いますがね」新樹は言った。一同は押し黙ったまま、目の前の皿に目を落としている。

ありがたいことに、そこへ鯛の蒸しものが盛られた大皿を持った美登里が入ってきた。冷《さ》めんうちに食べてくださいね、と声をかける。悦子と美登里は、長い竹の菜箸を用いて器用に骨をとると、遠慮せずにとって食べるようにとみんなに勧めた。当然の権利であるかのように最初にたっぷりととったのは、新樹だった。

鯛はとてもおいしく、誰もが口々に褒《ほ》めた。ゆり子まで小声でつぶやいた。

「ずいぶん新鮮なお魚じゃね……」

「おいしい?」悦子が優しく尋ねた。

「ほいじゃったら、もっと食べりゃええ」ゆり子の皿にもうひと切れ盛りながら、新樹も言った。「まさか遠慮しとるんじゃないんじゃろうの」ぞんざいな態度ではあるものの、彼もまた、庇護者のような態度で妹に接している。程度の差こそあれ、誰もがゆり子を哀れむように見ていて、それをゆり子は敏感に感じとり、不快に思っているようだった。わたしは、前の日に台所で偶然耳にした、「うちのことを頭がおかしいとでも思うとるんでしょぉ」というゆり子の言葉を思い出した。ゆり子のことを特別視していないのは、幼い誠だけのように思われた。誠はどちらかというと、わたしをおかしな人だと思っているらしく、相変わらず好奇心をまる出しにした目でこちらをうかがっている。一方、物腰の柔らかなゆり子にはずいぶん懐いているらしく、ときおり隣に座っては、ふたりでなにやらぼそぼそと話していた。

「上手に折り紙ができるんよ言うて、あのお姉ちゃんに教えてあげんちゃい」ややあって、ゆり子が言った。

誠は振り向いてわたしを見た。一瞬、その目がいたずらっぽく光ったかと思うと、なにも言わずに立ちあがり、部屋から駆け出していった。ゆり子とわたしは、いったいなにをするつもりだろうと、互いに顔を見合わせた。

「すぐにもどってくると思います」美登里が言った。「自分ができるようになったことを、人に自慢しとうて仕方ないんよ」

母親の読みどおり、一分もしないうちに、誠は小さな箱を抱えて部屋に駆け込んできた。そして、ゆり子の隣にちょこんと座った。

「うちに見せるんじゃないの」ゆり子が言って聞かせている。「うちは、誠ちゃんが上手だって知ってるもの」

「こっちにおいで」わたしも誠に声をかけた。「どうやって折るのか、教えてちょうだい」

誠はしばらくためらっていたものの、折り紙の箱を抱えて隣に来ると、畳に座った。

「舟でえぇ?」座卓の向かい側のゆり子に確認する。

「ううん、舟なんて簡単すぎて誰にだって折れるでしょ」と、ゆり子は言った。「最近覚えたのがええんじゃない？　なんかある？」

「バラ」

「バラの花？　でも、すごく難しいんじゃろう？」

それを聞くと、誠は息もつかずに箱のいちばん上にあった紙をつかみ、すごい勢いで折りはじめた。しばらくすると、誇らしげな顔でわたしを見あげ、紙でできたバラの花を座卓の上においた。

「わあ、すごくきれいなのができたね！」わたしは歓声をあげた。

そのときだった。新樹が、孫のことなど完全に無視して、藪から棒に言った。

「甥が外国人と結婚すると聞いたときには、正直あまりええ気持ちはせんかったですよ」

部屋がしんと静まり返った。眞砂子とゆり子が目配せをしているのがわかる。次の言葉を待ち、わたしは黙って彼の顔を見ていた。こんな失礼なことをいきなり口にするなんて、どういうつもりなのだろうか。

「なんでかわかりますか？」わたしがなにも言おうとしないので、新樹が畳みかけてきた。

ここで無言を貫いては、礼儀を欠くことになる。

「わたしが……自立しすぎていると思われたのでしょうか」そう言ってみた。本当は、「束縛されていない」と言いたかったのだけれども、そんな言葉を使ったら、その場にいる女性たちへの批判ととられかねないと思いなおした。思いあがった女だと思われるのもかなわない。それにしても、この口やかましい叔父は、わたしになにを求めているのだろうか。

「そうじゃありませんよ」彼は笑いながら言った。「自立した女性は嫌いじゃあない。むろん、限度というものはありますが……」

その「限度」を決めるのは、ほかでもなく自分だと信じていることは、想像に難くなかった。

「でも、女性が結婚後も仕事を続けることにはあまり賛成ではないのですよね？」そう言いながら、わたしは目の端で眞砂子の顔色をうかがった。わたしたちのやりとりを警戒しているようだ。

「まあ、仕事にもよりますよ。あんたは教師をしている。女性にとって、最高の仕事だと思いますがね」

なんと偉そうな物言いだろう。

「ええ気持ちがせんかったのは、眞砂子姉さんから初めてこの話を聞いたとき、相手がアメリカ人だったらどうしようかと思うたからなんです」新樹は、わたしの当惑などおかまいなしで続けた。「戦後、この島には進駐軍が大勢おりましたからね。いい思い出などひとつもない」

「またその話！」ツヤが天を仰ぎながら言った。「この島にいたのは、イギリス人やオーストラリア人で、アメリカ人はおらんかったはずよ」

「アメリカ人も、イギリス人も、オーストラリア人も、おなじことですよ。とにかく、イタリア人じゃと聞いたときには、安堵のため息をつきました」

わたしの忍耐力も、そろそろ限界だった。

「幸い、日本とイタリアは敵国どうしではありませんでしたからね。イタリアは我が国の同盟国でした」

「ええ。でも、一九四三年の九月八日、イタリアは同盟を破棄して、連合国側にまわりました」わたしには史実を明確にする義務があるような気がした。

「あれは裏切り行為じゃった。まがいもない裏切り行為じゃ」新樹が瞳をぎらつかせ、声を荒らげる。

日本で暮らすようになってからというもの、これほど不愉快な思いをさせられたのは初めてだった。とはいえ、わたしの気分を害したのは、新樹の喧嘩腰の物言いだけではない。彼の言うことに極力逆らうまいとしている自分に腹が立っていたのだ。できるだけ礼儀をわきまえ、義母に居心地の悪い思いをさせないようにしなければと気を遣うあまり、卑屈な人間になりかけていた。いや、わたしがそんなふうに唯々《いい》諾々《だくだく》としていた本当の理由は、親族に自分という人間を受け容れてもらい、価値観やものの捉え方を共有しているという印象を与えたかったからだ。そのために、年長の親族を敬う、控えめな嫁という役割を演じていた。日本酒ならお猪口に五、六杯飲んでもなんの問題もないし、できれば飲みたいのに、二杯目を断ったのもそのためだった。

なぜかはわからないけれど、わたしはそのとき、ゆり子のほうを見た。立ち居振る舞いはもちろん、おそらく考え方も古式ゆかしい女性であるにもかかわらず、ゆり子は誰に媚びることもない。わたしよりも格段に毅然としているように見えた。ゆり子が兄の新樹にどう思われようと気にしないのなら、わたしが気にする必要もないのかもしれない。

新樹はまだ気がすまないと見え、戦時中、わたしの父がどのような武器を手に戦っていたのかと尋ねてきた。父は一九〇二年生まれなので戦争には召集されませんでした、とわたしは答えた。

「それは幸運でしたね」新樹は、当てが外れたように言った。

新樹に話を合わせることに辟易《へきえき》していたので、わたしはいくらか挑発気味に言った。

「ですが、父は平和主義者で、反ファシストでした」

それから、ふたたび眞砂子の顔色をうかがった。意外にも、愉快がっているような表情をしていた。わたしが新樹に怯《ひる》むことなく反論しているのを、歓迎しているようにも見える。もしかすると、先ほど眞砂子が警戒していたのは、わたしがどう反応するかではなく、新樹がわたしを困らせるのではないかということだったのかもしれない。

「平和主義いうんは、理想としては素晴らしいが……」新樹は冷笑するように言い放った。「ときには、単なる口実になりさがる。祖国防衛のためには……」

「祖国防衛？　父は、ファシスト政権に反対していたのです」わたしは憤慨した。「自らの思想を貫くために危険を冒しただけでなく、その代償まで払わされました。職を追われ、二度も逮捕されても、信念を曲げずにユダヤ人の友人を匿《かくま》いつづけたんです。見つかれば死刑にされる可能性だってあった」

それだけのことをひと息に言ってしまうと、ひどく清々した。そこで、新樹は戦争中どこで戦っていたのか尋ねてみることにした。

「わたしは一九四三年に満州に送られました。その後、四五年の夏、捕虜としてシベリアに抑留されました。ようやく帰還が認められたのは翌年の四月になってからです」

「それは、ずいぶんとおつらい思いをされたのですね」わたしは、あまり納得できないままに、そう言った。とすると、シベリアにいた期間はそれほど長くなかったのかもしれない。日本は、ソ連の宣戦布告を受けて、四五年の九月二日に無条件降伏をしたはずだ。

「監獄に入れられとった数か月は、つらいなんてもんじゃありませんでしたね。虫けらのように死んでいった戦友も、ようおった。わたしはなんとか生き延びましたが……」

「ほんまによかったですよ」と賢治がわざと陽気に茶化した。「お父さんが戦死してたら、ぼくも妹もこの世にはおらんかったわけですからね」

そのとき、行き過ぎた議論にそろそろ終止符を打つべきだと判断した眞砂子が、バッグに入れていたわたしの結婚式のときの小さなアルバムを引っぱり出した。式を挙げてからもう八年にもなるというのに、眞砂子はなにかと機会を見つけては、その写真を人に見せたがった。どうしても式に参列したくて、旅行嫌いの夫を家において、彼女は単身パリまでやってきたのだった。たちまち、一同の関心は異国情緒のある写真に引き寄せられた。みんなからの質問を受けて、眞砂子が披露宴のメニューをこと細かに説明している。それが、なにより好奇心をかきたてるらしかった。その後、魚はどうやって調理するのがいちばんおいしいかという話にひとしきり花が咲いた。きっかけとなったのは、披露宴で振舞われた、オーブンで焼いてベシャメルソースを添えた魚料理に対する批判だった。ゆり子はすでに見ていたので写真には興味を示さなかったものの、魚料理については、お刺身か、あるいは蒸しものがいちばんだと言った。誰もがその意見に賛成だった。もちろんわたしもだ。生まれてこのかた、口にしたことがないくらいおいしい魚料理をご馳走になったばかりなのだから。

九時をまわったころ、すっかり遅くなってしまったから、そろそろお暇《いとま》しなくちゃという眞砂子の声が聞こえると、内心ほっとした。賢治が車で家まで送ってくれることになった。

「うちらは、もう少ししてから帰るわ」と、ツヤが言った。おそらく、わたしの印象について、いとこたちと意見交換するつもりなのだろう。「ほいじゃあ、あした、お昼に待っとるけんね」

一同は見送りに玄関まで出てきた。わたしは繰り返しお辞儀をして、おいしかった夕食と、素晴らしいもてなしにお礼を言った。

玄関の戸を開け、靴を履いていると、新樹が最後のチャンスを逃してなるものかというように、ゆり子に念を押した。

「おまえも、そろそろ新しい一歩を踏み出したらどうだや」

ゆり子は天を仰ぎ見ると、苛立った口調で言った。

「心配せんといて。自分のことは自分で面倒みるから」それから眞砂子とわたしに向かって言った。「行きましょう。賢治が車のエンジンをかけて待っとるわ」

翌朝、眞砂子とゆり子は、なにか重要な手続きのために公証役場へ行くことになっていた。今回、眞砂子が江田島に帰省した理由のひとつだ。

「それほど時間はかからないと思うの」と、眞砂子が言った。「一時間もしないうちに帰るから。ひとりで留守番させてごめんなさいね。これぱかりは、ふたりで行かないと駄目なのよ」

「気にしないでください」とわたしは答えた。「そのあいだに、帰る支度をしておきますから」

本音を言うと、一緒に出かけずにすんでほっとしていた。あまりよく眠れなかったこともあり、疲れがたまっていた。昨晩の食事、というより、食事のあいだのやりとりや、ようやく紛糾しかけた議論についてあれこれ考えていたら、目が冴えてしまったのだ。その晩の出来事をきっかけに、わたしのなかでなにかが変化したことは確かだった。これまでにない自覚が芽生えたことはわかったけれども、それがわたしをどのような方向へ導くのかは定かでなかった。ただ、その自覚が掌からこぼれ落ちないように、しっかりと握っている必要があった。さもないと、意識と無意識のあわいにあるあいまいな領域にまたしても滑り落ちてしまいそうだった。

ほどなく眞砂子とゆり子は出かけていき、わたしはひとり家に残った。障子紙で和らげられた穏やかな光のなか、まるで時間が止まっているかのように感じられた。

わたしは、十分ほどで身のまわりのものを旅行鞄に詰め終えた。その後、畳に正座をし、何十年も前のこの家での営みに思いをめぐらせた。いまわたしが座っている部屋で過ごしていたという、子ども時代の眞砂子とゆり子の姿を想像する。それぞれに自分の机を持っていたのだろうか。壁に沿っておかれていた書棚は、いまわたしが見ているものとおなじだろうか。夜、布団に入ったあと、いまわたしの目の前にある竹と紙でできた電灯で本を読んでいたのだろうか……。ゆり子が忘れようとしない、謎に包まれた元夫についてもあれこれと空想した。きっと写真がどこかにしまってあるはずだ。あるとしたら、ゆり子の部屋にちがいない。一度も入ったことのない部屋だった。とくに入ることを禁じられていたわけではない。ただ、最初に家を案内してくれたとき、ゆり子は閉まっている二枚の襖の前で指を差し、「ここがわたしの部屋なの」と言ったきり、なかを見せようとせずに通りすぎてしまった。記憶違いでなければ、眞砂子も、今回の訪問ではその部屋の敷居を跨《また》いでいないはずだ。よくないことと知りながら、誘惑は強かった。なにも触らない。部屋に入り、さっと一周見まわして、そのまま出てくるだけにする。時間は三十分ほどしかなかった。このときを逃したら、二度とチャンスはないだろう。なにか予定外のことがあって、ふたりが早く帰ってくるかもしれないので、念のため窓の外の気配を確認してから、わたしは意を決した。

胸の鼓動が高鳴るのを感じながら、薄暗く長い廊下を進んだ。途中、小さな中庭に面した明かり窓に飾られた枝のねじ曲がった松の盆栽の前を通りすぎて（盆栽というものは、木に無理強いをしているような気がして、あまり好きになれなかった）、ゆり子の部屋の前まできた。襖は横に滑らせるだけで難なく開くだろう。このうえもなく簡単な動作のはずなのに、実行に移す勇気が出るまでの数分間はとても長く感じられた。ひとりの女性が頑なに守ってきた個人的な領域を侵そうとしているのだという自覚があった。とはいえ、悪意はなかった。彼女の秘密を暴こうとしているのではない。そうではなくて、ある種の親しみを感じていた女性のことをもっと深く知りたいと思ったのだった。それは不思議な感覚だった。

用心しつつ、片方の襖をそっと開けてみた。ちょうど二枚の襖のあいだを身体がすり抜けられるだけの隙間だ。想像していたのとはちがって、庭に面した雨戸が開いていて部屋のなかは明るかった。よかった。これなら楽に探索できる。わたしは畳の上を進んでいった。布団は押し入れにしまわれていたが、だからといって部屋はがらんとしているわけではなく、むしろ雑然としていた。黒ずんだ木製の整理箪笥がならんでいて、小さな文机《ふづくえ》が一台と、その前には座布団が敷かれていた。本がぎっしり詰まった書棚に、三面鏡、飾り鋲で留められた錠のついた赤い長持、和紙のランプシェードの常夜灯がふたつ……。歳月の流れによって渋い光沢を帯びたそれらの調度品は、たぶんなにか一貫した思考にしたがい配置されていて、室内になんともいえない調和をかもし出していた。床の間に飾られた水墨画には、山のあいだを流れくだる滝が描かれていて、その横に漢字が何文字か、縦書きで添えられていた。心に強く訴えかけてくるものを感じて、わたしはしばらく見入っていた。掛け軸の下におかれた白地に花の図柄が描き込まれた磁器の大きな壺に、ゆり子は、紫の花をいっぱいにつけたツツジの枝を二本ほど生けていた。鮮やかな色合いにもかかわらず、全体として繊細な趣が感じられる。それは決して計算されたものではなく、ごく自然で詩的な風情だった。

　視線だけを動かして部屋を見わたした。最初に目が引き寄せられたのは古い整理箪笥の上だ。いくつかならんだ置物には目もくれず、金箔をほどこした木製フレームに入った写真を食い入るように見た。縦二十センチ、横十五センチほどの白黒写真で、若い男女のポートレートだ。二十歳《はたち》そこそこのゆり子と、その隣にいる若者はおそらく元夫だろう。ふたりとも和服姿だったけれども、ゆり子は、披露宴のときに新婦がよくまとう絢爛豪華な色打掛ではないので、その写真は、結婚式当日のものではないのかもしれない。けれど、戦時中のことだから一概にそうとも言い切れない。いずれにしても、なにかの記念写真であることは間違いなかった。ふたりとも堅苦しく姿勢を正した立ち姿で、全身がすっぽり収まっていたからだ。肩をならべて立ち、若者は気を付けの体勢で、ゆり子は身体の前で両手をそろえて、カメラのレンズを凝視している。ゆり子は、髪をさりげなく束ねアップにしていて、それが端整な首の線を際立たせていた。一方、丸坊主に近いくらいに短く刈りあげられた若者の髪型は、軍人であることを物語っていた。ふたりとも真剣な面持ちで、口もとにも笑みは浮かんでいない。それでいて、おそらく彼ら自身も意識していないのだろうけれど、瞳からは喜びの光があふれ出ていて、あたかもエネルギーの潮流であるかのようにふたりを包み込み、周囲から隔絶された世界をつくりだしていた。

そこに写し出されたゆり子には、埠頭で撮った娘時代の写真のような天真爛漫さはなかった。戦時中の正式な記念写真である以上、楽しげな雰囲気はいっさい慎むべきだったのだろう。しかし、若くて屈託のない、太陽のような輝かしさが感じられた。なによりわたしが驚いたのは、嘉昭のほうだった。眞砂子の話から、若い盛りの青年だと知っていたけれど、居丈高で堅苦しそうな人物を勝手に想像していた。それだけでなく、軍人ということから――当時は、健康に問題のない男たちはひとり残らずどこかの部隊に所属させられていたのだから、当然ではあったけれど――、たくましい人だと思い込んでいた。ところが、そこに写っていたのは、背丈もゆり子とさほど変わらない、優しく涼しげな面差しをした華奢な青年だった。色白そうな肌は、どう見ても二十歳前後にしか見えず、海軍の士官というより、学生のような雰囲気だ。穏やかで人好きのする、思慮深い人物のように感じられた。わたしはなぜか、前日に写真で見た特攻隊パイロットたちの、諦観したような、物静かな表情に幼さの残る顔つきを思い出していた。一方眼前の写真の青年の瞳からにじみ出ているのは、あきらめなどではなく、厚い信頼の情であり、ゆり子の瞳にもおなじ信頼の情が見てとれた。その後ふたりの身になにがあったのか、わたしには知る由もないけれど、ひとつだけ確かに言えることがあった。この写真を撮ったとき、ふたりは確実に愛し合っていたということだ。

いたたまれなくなるのと同時に、その写真に強く惹かれたわたしは、目を離すことができないまま、ゆっくりと整理箪笥の上におきなおした。ほかの調度品も見まわしてみたが、写真らしきものは見当たらなかった。部屋を出ようとしたところで、文机の隅にもうひとつ、さっきよりも小さい木製の写真立てがあるのに気づいた。

歩み寄って、そっと手にとった。写っているのは義父母とゆり子、そして元夫だとすぐにわかった。いまよりずいぶん若い。義父母とゆり子は洋装で、元夫は海軍の白い制服を着ている。どこかの庭の小道に四人ならんで立っているのだけれど、ひょっとすると、わたしがいまいる家の庭かもしれない。姉妹が薄手の半袖の服を着ていることから、夏に撮ったものにちがいない。義父母は、いくらかぎこちないポーズをとっていた。義父は、背が高く痩せていて（いまではこの写真より二十キロ近く肥っているにちがいない）、当時にしては長めの髪をととのえ、ひどく居心地の悪そうな表情を浮かべている。口もとの薄笑いからは、軽薄な文化に対して不寛容な、知識人にありがちの皮肉が感じられた。眞砂子は、写真撮影がいやで仕方ない夫を引きとどめようとするかのように、腕をつかんでいる。ゆり子はといえば、ウェーブのある髪を両サイドのこめかみのあたりで留めていて、くつろいだ雰囲気だった。朗らかな表情で腕を組んでいるそのポーズからは、自然な柔らかさが感じられた。ここにもまた、埠頭での写真とおなじ、明るくて快活な娘がいた。ただし、その眼差しは、より熱烈で深かった。

ただひとりカメラ目線でないのは嘉昭だった。手に軍帽を抱え、顔をゆり子のほうに向けている。横顔にもかかわらず、彼女を見つめる眼差しの強さがはっきりと伝わってくる。隣にいるゆり子に夢中なのだ。ゆり子の瞳を輝かせている穏やかな光の源は、愛されているという充実感や、自信なのだろう。

撮影された時代背景を考慮するならば、写真のふたりは稀有なほどに自然体だった。いったいどのような必然性があって、その若者は恋をしている男の弱みを、はからずも曝《さら》け出すような写真を撮られることになったのだろう。動員の命令が下り、出発が差し迫っていたのだろうか。このようなときでも軍服を着ていることから、ある程度の察しはつく。でも、もしそうだとしたら、ゆり子がこんな晴れやかな表情をするだろうか。なによりわからないのは、これほどまでに熱烈だった彼の愛情が、あるとき突然消えてなくなってしまったということだ。いったいなにが若いふたりの交わした約束を断ち切り、互いに分かち合うはずだった未来を変えてしまったのだろうか。たとえそれがなんであろうと、ゆり子が何年ものあいだ心のなかに大切にしまいつづけ、いまだにすがり、なんとしても守り抜こうとしている夫の姿は、彼が彼女を愛していた当時の、いつも彼女のそばにいて、彼女を幸せで満たしていたときのものであることは明らかだった。いま目の前にある写真に焼きつけられた嘉昭の姿だ。

わたしは元あった場所に写真をもどすと、最後にいまいちど部屋を見まわした。引き出しや箱のなかには、ほかにも思い出の品や手紙がしまわれているにちがいない。いずれも勝手に見ることは許されないものだ。わたしは、神殿から立ち去るかのように後ずさりしながら部屋を出ると、そっと襖を閉めた。

「ずいぶんと静かだこと」広島にもどるフェリーのなかで、義母の眞砂子がわたしに声をかけた。「なにかあったの?」

「いいえ。少し眠いだけです。きっと天婦羅をたくさんご馳走になりすぎて……」

「おいしかった?」

「はい、とても。ただ、少しお腹にもたれて」

昼の十二時に食べた天婦羅が、決して消化によい食事でなかったのは事実だったけれども、わたしが無口なのは、胃がもたれていたせいではなかった。そうではなくて、昼食が終わるころにツヤから聞いた話が頭から離れなかったせいだ。口実なのかもしれないけれど、ゆり子は頭が痛いと言って家に残り、一緒には来なかった。

最初のうちは、ゆり子の部屋で見た二枚の写真のことばかり考えていたわたしは、食事中もどこか上の空で、あまり会話に加わらなかった。やがてツヤと眞砂子が昔の話をはじめたので、興味を引かれて耳を傾けた。従姉妹どうしのふたりは、傍目にも楽しそうに、若いころの思い出話で盛りあがっていた。兄弟や姉妹と海で泳いだこと、あちこち散策したこと、お正月のお祝いやお盆の賑わい……。親戚が全員集まると、二十人以上が座卓にずらりとならんだらしい。そのうちに、もう亡くなってずいぶんになる互いの両親を偲ぶ話となり、戦死したツヤの弟を悼《いた》んで涙を流したりした。子どものころの彼は、陽気なやんちゃ坊主だったらしい。

「死者を偲ぶことは、誰にも侵されることのない権利なんじゃけん」ふと、ツヤがそんなことをつぶやいた。「ときには、生きている者のなかにも、記憶から完全に抹消してしまったほうがええような人がおるけれどね。新樹は象みたいにがさつじゃけど、言うとることは正しいと思う。ゆりちゃんは、ええかげん心を決めて、新しい道を歩みはじめるべきなんよ。ほいじゃ海軍兵学校へ行くなんて……」

「わたしだって引きとめようとしたんよ。でも、わたしの言うことなんて聞きやせんのじゃけえ」眞砂子はいくらか冷淡な口調で言った。

「なんで、あがいなろくでもない男のことをいつまでも想うとるんか、ちっとも理解できない」

「ちょっと、ツヤちゃん。なにも、ここでそんな話を……」

「ええじゃない。ほんまにろくでもない男なんじゃけん。うちは、あの結婚には最初から反対じゃったの」

「あら、あんなに熱心だったじゃない」

「うちが？　そがいなことないわいね。なんか思いちがいでもしとるんじゃない？」

「『上流階級の方と親戚になれるのね』って喜んどったくせに」

「そんなこと、言うた憶えもなければ、考えたこともないわ」

眞砂子は、それ以上は反論しなかった。何年も昔のことを蒸し返し、誰がその結婚に賛成で、誰が反対していたのかなどと議論することに、どんな意味があるというのだろう。

「とにかく、ふたりが好き合うとったのは事実よ」それだけ、ぽつりと言い添えた。

ツヤは訝《いぶか》しげに肩をすくめた。

「まさちゃんが言うなら、そうなんでしょうけど……。ご両親なんて、ずいぶんお高くとまっとったわいね。披露宴の席でも、うちらにはひと言も話しかけんかったじゃない」

「そんなの、言いすぎよ」

「とくに、あの母親。華族の奥方さま気取りで……」

「だけど、ツヤちゃんだって少しも気後れしとったようには見えんかったわ」眞砂子も黙ってはいない。

「なにが言いたいんね？」ツヤが問い詰めるような眼差しを向けた。

すると眞砂子は、口もとに手を当てて、笑いを押し隠した。

「なにがおかしいんね」

「なんでもない……。ただ、ツヤちゃんがいきなり手を伸ばして蚊をつぶしたときのことを思い出したもんじゃけん」

「うちが？　手を伸ばして蚊を？」

「ほうよ。とつぜん膝立ちになったかと思うたら、腕を伸ばして、ぱちんって、両手で蚊をつぶしたじゃない」

「いやだ、作り話はよしてちょうだい。そがいなこと、うちがするわけないでしょ」

「本当につぶしたの。昨日のことのように憶えとるわ」

「ほいじゃけど、結婚式はちょうど四月の終わりで、いまぐらいの季節じゃったんよ。蚊なんて、飛んどるわけがないでしょう」

「だったら、コバエじゃったんかも。うちの人たちは、ツヤちゃんの反射神経の素晴らしさに感嘆しとったけれど、島津の人たちはみんな青ざめとった」

するると、ツヤは憤慨したようすで、わたしを見た。

「この人の言うこと、ぜったいに信じちゃ駄目よ。うちは、あの日、ものすごく緊張しとって、身動きひとつできんかったんじゃけん。まさちゃんには、子どものころからずっとからかわれっぱなしなんよ。いまだに当時の癖が抜けとらんのじゃけん！」

わたしは目の端で眞砂子の表情をうかがった。相変わらず愉快そうに瞳を輝かせている。「ほんまはなにがあったのか、うちが教えたげる」ツヤが挑むように言った。「披露宴のことだけじゃのうてね。あんたも知っとくべきよ……」

「お願いだから、よしてちょうだい。何年も経ったいまになって、そがいなこと！」冗談を言い合うのにもいいかげん疲れてきた眞砂子は、ツヤを制止しようとした。「ゆり子は、自分の話をされるのが嫌いなの、あんたも知っとるじゃろ」

いまだに親族全員の心にわだかまっているその出来事を、ツヤがなんとしてでも自分の口から語りたがっているのは明らかだった。現に、眞砂子がとめるのも聞かずに、結婚式のことや、その数か月前から数か月後までのあいだに起こった出来事を語り出した。その随所随所で、正確を期すために、あるいはツヤの記憶違いを正すために、眞砂子が何度も口をはさんだ。一連の顚末を語って聞かせようというツヤをとめられなかった以上、せめて、勝手に話をゆがめさせてなるものかと思っているようだった。

平和な時代なら盛大な宴が催されたことだろうが、一九四四年の春は、たとえ招待客が三十名に満たない内輪のものであっても、いわゆる披露宴をひらくなど許されない贅沢だった。それでもゆり子の両親は、自分たちの畑でとれた野菜を使った惣菜だけでなく、闇市で入手した魚や米も客に振る舞った。家でいちばん広い座敷に設《しつら》えられた主卓を囲むようにして、紋付羽織袴や留袖の男女八人、そしてその真ん中に新郎新婦が座っている。結婚式は先ほど神社で挙げており、ゆり子は白無垢から質素な宴にふさわしい地味な着物に着替えていた。母と姉が婚礼で着た赤の色打掛は、物不足で、なにかと不穏なご時世には場違いに映ると、あきらめざるを得なかった。夫婦《めおと》となったばかりの若いふたりを挟んで左右には仲人の町長夫妻が、そして右側には新郎の父母、左側には新婦の父母が座る。主卓に対して直角におかれた二台の座卓には、眞砂子と夫、祖父母、叔父叔母、従姉妹、さらにはその子どもたちが顔をそろえていた。ゆり子の兄、従兄弟ら男衆はみんな、出征していて不在だった。対する嘉昭の親族は、東京からやってきた父母以外にはひとりもいなかった。島津夫妻の慇懃無礼な態度は、和やかな雰囲気のなかでひどく目立った。ほかの招待客はいずれも愛想がよく、気のおけない人ばかりで、彼らにとって披露宴は、毎食のように食べているカボチャやサツマイモではなく、久しぶりに精のつくものを口にできるまたとない機会でもあった。悲しいことや、前線で戦っている男たちのことを考えないように、ときには酒の力も借りながら、みんな努めて明るく振る舞うのだった。

新郎新婦への祝辞が終わり、卓上にならんだ皿や徳利が空いていくにつれ、座敷はしだいに賑やかになっていった。新郎がどうの、新郎の両親がどうのと評し合い、新婦の美しさを褒めそやし、そうかと思えば声を落として、身分の異なる家どうしのこの縁談には疑問を呈する向きもあるけれど、本当にこれでよかったのかとささやき合った。その一方で、互いの近況を報告し合ったり、遠い戦地にいる息子や兄弟、夫らの手紙や写真を見せ合ったり、メロンの収穫や次のみかんの剪定《せんてい》の相談をしたりする者たちもいた。そうして、供出の割り当てが増えるばかりだと、声をひそめて愚痴をこぼすのだった。

慣わしにしたがって、新郎新婦はこうした会話には加わらなかった。嘉昭はそれでも、祝いの乾杯をしにくる客に対してお辞儀をし、感謝の言葉を小声で返した。一方のゆり子は、花嫁は黙して料理に手をつけないという仕来りを守っていた。宴が終わるまでふたりは慎み深い態度を崩さなかったが、そこはかとない幸せに満ちていた。言葉をかけ合うことはなくとも、ときおり気持ちの通じ合った視線を交わしていた。

それに比べて、嘉昭の両親はあまり喜んでいるようには見えなかった。終始無言で、祝いの言葉をかけてきた者にだけ、調子を合わせるように応じていた。めでたいことなどなにもないと思っていたのかもしれない。それでも、さすがに料理には文句をつけなかった。

あとになってわかったことだが、嘉昭の両親は、息子とゆり子の縁談を承諾する前に、ゆり子とその家族に関する入念な調査をおこなっていた。交通も郵便もあまり機能していなかった当時、いったいどのような方法を用いて情報を集めたのかはわからないが、島津氏が内務省の要職にあったことを考えれば、なんらかの特権を駆使したとしても不思議はない。いずれにしても、見合いからわずか二週間後に、嘉昭がゆり子との結婚の許しを請う手紙を両親に書いてから、承諾の返信が届くまでに四か月も要した。そのあいだ、親子はきっと何通も文を交換し合ったのだろう。おそらく電話だってできたはずだ。嘉昭は兵学校の電話機が使えたのだから。けれども、具体的に両親がなにを言ってよこしているのか、嘉昭はほとんど話さなかった。

ふたりの夫婦姿を見ることはもうないのかと喬夫があきらめかけたころ、待望の知らせが届いた。そこからは、とんとん拍子に事が運んだ。その間に士官に就いていた嘉昭は、いつ召集されてもおかしくなかったからだ。本来ならば、結婚式は新郎の家族が住む東京で挙げるべきだったが、嘉昭の駐屯地である江田島で挙げたほうがなにかと都合がよかった。日取りは四月末となり、内輪で簡素に済ませることとなった。そうしていま、酒肴のならぶこの座敷で、いかにもお高くとまった夫婦を目の当たりにして、あの人ら、世が世ならこがいな嫁取り、絶対許さんかったじゃろうね、と客たちは口々にささやき合っていた。

　通常、結婚とは家どうしで決めるものであり、当人たちの言い分が聞き入れられることはまずなかったし、ましてや当人どうしで率先して決めるなど、もっての外だった。自分を生み育ててくれた親の意に逆らうなど言語道断、わがままで恩知らずだと咎められた時代である。もし両親がだめだと言えば、嘉昭はそれに従うしかなかった。だが、返事を待つあいだの嘉昭は、反対される不安よりも、むしろその逆鱗に触れることに怯えているかのようだった。嘉昭が両親に対して抱いている感情は、親に対する敬意をはるかに超えた、畏怖とでもいうべきもののように思われた。こうした懸念は、両親が島にやってきたときに確かなものとなった。彼らを前にした嘉昭は、なにか間違った発言をしてはいけないと恐れるかのように、傍目にも硬直し、口をひらくことはほとんどなかったのだ。

　実際、島津夫妻はとても厳格な人たちで、父親ももちろんだが、母親のほうがむしろ厳しいくらいだった。それはあるいは、男で、しかも国の官僚ともなれば厳格なのも当然だけれども、女はもっと優しいものという思い込みがあるために、そう感じられただけなのかもしれない。垢抜けて上品な島津夫人は、年齢は五十過ぎくらいだろうか、物言いはつねに尊大で、愛想が求められる状況になると、凍るような笑みを浮かべた。ただし美人であることは確かだった。嘉昭は、母親から彫りの深い額と形のよい口もとを受け継いでいるものの、表情には、母親の、顔つきまでひきつらせてしまうような硬さはなく、どちらかというと穏やかな気性のおかげで目鼻立ちがやわらかく見えた。とはいえ、島津夫人も生まれつきこれほど厳めしい人ではなかったのかもしれない。政府高官を夫に持つというのは、おそらく並大抵のことではなかったのだろう。富と権力を備えた男が愛人や妾を囲うことはめずらしくなく、夫人がどれほどの辛酸をなめてきたのかもわからない。おまけに長男を若くして亡くしている。おそらく、その峻厳な態度の陰には、末っ子に対する深い愛情が隠されていたのだろうし、その子をも戦争で失う恐れのあるいま、これが人生最後となるかもしれない幸福を取りあげようとまでは、思わなかっただろう。

フェリーから降りたわたしたちは、お土産にもらった島の名産品を両手いっぱいに抱えてタクシーに乗り込み、どこにも寄らずに広島の市街を走り抜け、大阪へもどる新幹線に間に合うよう広島駅へと向かった。新幹線に乗って座席を確保すると、わたしは隣の空いた席に、悦子がどうしても持っていけと言って譲らなかった、メロンが三つ入ったネットをおいた。

その日の別れ際、手厚くもてなしてくれたことに対して礼を述べると、ゆり子は優しくこう言った。

「こちらこそ、うちまで来てくださって嬉しかったわ」そして、あなたの気持ちはよくわかるというような表情を浮かべて、言い添えた。「あなたが、この国で無理せず、自分らしく暮らせるように祈っています。お身体を大切になさってね」その言葉は、わたし自身が意識しているよりもはるかに深いところまで、わたしの心理状態を見透かしているかのようだった。

新幹線が走り出した。ゴールデンウィークの中日にあたり、Uターンラッシュまでまだ何日かあったので、車内はそれほど混雑していなかった。予約はしていなかったけれども、わたしたちは窓際の向かい合った席に座ることができた。後ろの席には若い男女が座っていて、小声でぺちゃくちゃとずっとしゃべっていた。狭い通路を挟んで向こう側の座席では、一人旅の中年の男性が雑誌をめくっていた。

走り出して間もなく、わたしはうとうとと軽い眠りについた。ふと目を覚ますと、正面に座っていた眞砂子が微笑んだ。

「少し眠ってしまいました」わたしは言った。

「わたしもよ。くたくただもの。旅行はどうだった？　退屈な思いをさせたんじゃなければいいけれど」

「退屈なんてとんでもない。一緒に連れてきてくださってありがとうございました」

「うちの家族、少しうっとうしかったでしょ？」

「そんなことありません。皆さんに親切にしていただいて……」

「だけど弟なんて、かなりずけずけしたところがあるから」

「いいえ、ちっとも」わたしはあわてて眞砂子の言葉を打ち消した。たしかに新樹はあまり好きになれなかったけれど……。

「それにしても、あなたが怯まずに言い返してくれたんで、清々したわ。たまには、少しやり込めてやらないとね」

「新樹叔父さんも、お義母《かあ》さんには頭があがらないみたいですね」

「ええ。わたしのほうが年上だから、言いたいことを言えるけど……」眞砂子は笑った。

「でも、ゆり子叔母さんも、言い返すべきときにはきちんと言い返してましたよね」

「たしかにそうね。それでも新樹より年下だから、なにも言えずにいることも多いのよ」

この世代の日本人が往々にしてそうであるように、眞砂子もまた、年上のほうが偉いという縦社会の論理に疑問を抱いていないらしい。ありがたいことに、わたしに対しては、それを押しつけるようなことはなかった。

検札係がやってきて、わたしたちの会話は中断された。検札係は、わたしたちの切符を念入りに調べると、一礼して行ってしまった。

「会う前に余計なことを言って、先入観を与えたくなかったから黙っていたけれど……」眞砂子が先を続けた。「主人は新樹のことがあまり好きじゃないの。あのふたりは、性格が正反対でしょ？」

「そうかもしれませんね」それは、ある程度予想できることだった。「ところで、お義母さんとお義父さんはどうやって知り合ったのですか？」わたしのなかで、べつの好奇心が湧き起こった。

「お医者さまで、海軍兵学校にしょっちゅう出入りしていた伯父が紹介してくれたの」

「でも、おふたりは恋愛結婚だったんですよね？」義父母も例にもれず見合い結婚なのだとしたら、なんだか少しがっかりだ。

眞砂子は、頬をいくらか紅潮させて、はにかんだ。

「ええ、恋愛結婚よ。といっても、時代が時代だから、いまみたいに自由なものじゃないけれどね。ゆり子と嘉昭さんの馴れ初めと似てるかもしれないわね。伯父が、お似合いのカップルになるにちがいないって言って、わたしたちを引き合わせたの。はじめのうちは、お互いにいい人ぐらいにしか思っていなかったのだけど……。主人はあのとおり変わったところがあるでしょ。同年代の男の人たちとは明らかにちがってた。賢い人だから、国や新聞の喧伝に踊らされることもなくてね。出会って間もないころから、わたしに心を許してくれて、自分の信念や理想を話してくれたの。心の広い人で、世の中を冷静に見つめていたから、わたしはただ、隣でそれを分かち合うだけでよかった。当初から、日本の植民地政策を批判してたね」

「その点に関しては、きっと父と意気投合したと思います」わたしは、義父と父が会わずじまいになったことを悔やんだ。

「本当よね。わたしもそう思う。だけど、主人は当然ながら、そういった類のことは他人には絶対に話さなかった。政府の批判なんてとても許される時代じゃなかったから、慎重に行動しないと、そのまままっすぐ監獄送りになる危険があったの。言論に対する弾圧が厳しくて、異を唱える人はほとんどいなかったし、しかも孤立していた」

わたしは窓の外に目をやった。田植えを待つばかりに整えられた田んぼや、柔らかにうねる緑色の帯状の茶畑、紺色の瓦屋根の家々が立ちならぶ集落などがものすごいスピードで目の前を飛び去っていく。あたり一帯が澄んだ光に包まれていた。

「お義母さんは、戦争のことや日本の政治について、どんなふうに考えていたのですか？」わたしは尋ねてみた。

「当時、考えなんて呼べるようなものは、わたしにはなかったわ。わたしが結婚した一九四〇年には、日本はすでにアジア諸国を侵略していて、さらなる進出を目指していたの。国の大々的な触れ込みのせいで、みんな、欧米列強からアジアを防衛する任務が日本にはあると信じて疑わなかった。日本国民はひとり残らず、この崇高な任務を全うするために貢献しなければならない、命を捨ててでも、日本の栄誉のため、天皇のために、戦わなければならないって教え込まれていて、誰もがそれを信じていた。そりゃあ、アメリカ相手に戦争をするなんて恐ろしい話だとは思っていたけれど……。とくにわたしたち女は、疑問なんて持たずに言われたとおりのことをするしかなかったわ。だから、自分の意見をはっきりと持った、知り合ったばかりの若い教師にいつしか魅了されてしまったの。あの人のお蔭で、わたしも少しずつものごとを見極められるようになっていった」

「それでお義父さんは、以前から新樹叔父さんのことをよく思っていないのですね」

「そういうわけじゃないの。新樹は、実のところそれほどの軍国主義者ではないわ。ただ、家族や土地を大切に思っているだけ。それに主人は、自分の考えを新樹に話したことはないはずよ。さっきも言ったけれど、たとえ身内どうしでも、そういった話題には触れなかったから。仮に知ったとしても、新樹だって主人を密告するようなことはしなかったはずよ。それは確信を持って言える。そこまで妄信的ではなかった」

「でも、このあいだ新樹叔父さんが言っていたことは……」

「誤解しないであげて。出征するとき、新樹がなにより心配していたのは、収穫期を迎えても、島には女や年寄りしか残っていないということだったの。男手はみんな召集されて、小作人も出稼ぎ労働者もいなかった。あなたも知っていると思うけれど、戦時中、うちは耕作地を小作人に任せて、ゆり子がいま住んでいる家で暮らしていたの。新樹は、出征してから二度、家にもどったことがあったのだけど、その二度とも、袖をたくしあげて、草むしりをしたり剪定をしたりと、畑仕事に精を出していた。耕作地を順番にまわってね。悦子ちゃんと婚約したのは、二回目の帰休のときだったわ」

「新樹叔父さんたちも、お見合い結婚だったのですか？」

「お見合いなんてとんでもない。あのふたりは幼馴染みで、小さいころから一緒に海にもぐっては、雲丹《うに》や蛸を獲っていた仲なのよ」昔を思い出したらしく、眞砂子の表情が和んだ。

「ゆり子やわたしも一緒に行ったものよ。ツヤちゃんも、よく兄弟と連れだってきていた」

「ゆり子叔母さんが？　お義母さんと一緒に海にもぐって、雲丹を獲っていたのですか？」

「年はいちばん小さかったけれど、誰よりもはしこくてね。きっと、チビだからなにもできないと思われるのが嫌だったのでしょうね。子どものころ、あの子が自転車をこいでいる姿を見せたかったたわ。向かい風なんてへいちゃらで、スカートをはためかせてね。父が、あんなお転婆娘では結婚相手が見つからないと言って、頭を痛めていたほどだった」

そこまで話すと、眞砂子はふいに口をつぐみ、なにか考えごとに耽りはじめた。わたしの頭の少し上を見つめる彼女の眼差しは、どこか遠くの景色に心を奪われているかのようだった。

ややあって、義母はふたたび口をひらいた。

「わたしたち、幸せな子ども時代を送っていたのよ。夏になると海で泳いだり、舟をこいだり、自転車で島じゅうをまわったり……。もちろん学校もあったし、お裁縫の教室にも通っていた。昔は、自分の服は自分で仕立てるのが当たり前だったからね。お習字や生け花も習っていて、とても楽しかった。日曜日になると広島へ行っては、繁華街のお店を見てまわったし、ときには映画館に行くことだってあった。ゆり子は映画が好きでね……」

眞砂子の話はそこでまた中断した。年配の観光客の集団が、別の車両から移動してきたのだ。男女ともに、つばのある黄色い帽子をかぶっているから、なにかおなじ団体に属しているようだ。わたしは、隣の座席においていたメロンを頭上の網棚に載せた。そこへやってきて座ったふたりの婦人は、わたしと眞砂子の組み合わせをめずらしがっているようだった。

わたしは、ふたりの存在を無視して、フェリーでもらったパンフレットをひらいた。ほどなく、ひとりが愛想笑いを浮かべて声をかけてきた。

「ぶしつけにごめんなさいね。どちらからいらしたのか、うかがってもいいかしら?」

わたしは質問の意図を誤って解釈し、江田島から来たのだと答えた。すると、ふたりは笑った。眞砂子も、わたしの答えを愉快に思ったらしかった。

「そうじゃなくて、お国はどちらか知りたかったの」先ほどの婦人が訊きなおした。

「ああ、ごめんなさい。イタリア人です」

ふたりの婦人は笑みを返したものの、それで好奇心が満たされたわけではなかった。そうやって少しずつ、存外に無遠慮な質問を重ねながら、旅の同伴者である向かいの席の眞砂子とわたしが嫁姑の関係で、短い休暇を利用して江田島を訪れた帰りであることなどを聞き出したのだった。江田島の生地店の小川のおばあちゃんに対して眞砂子の見せた頑なな態度が記憶に新しかったわたしは、たまたま新幹線で隣り合わせた婦人たちには、眞砂子がはるかにあけっぴろげな態度で接していたので、正直驚いた。ふたりがもっとしゃべりたくてたまらないようすだったので、どこへ行くところなのか尋ねてみた。

「岡山です」わたしの隣に座っていた婦人が答えた。「岡山城の近くにある後楽園を見学に行くところなの。庭園を鑑賞するクラブに入っていて、毎年、この時期にはみんなで遠出をして、どこか有名な庭園を訪れることになってるんです」

「そうなんですか。それは楽しそうですね」わたしは、ふたりが次の停車駅で降りると知ってほっとした。とりたてて反感を抱いていたわけでも、迷惑だと思っていたわけでもないけれど、中断された眞砂子の話の続きが気になって仕方なかったのだ。

婚礼を終えると、ふたりは軍規で定められた結婚休暇の期間をゆり子の実家で過ごした。両親が東京に帰ってしまうと、嘉昭は結婚前に見せていた、控えめながらも思いやりのある優しい若者の顔を取りもどした。新婚生活わずか数日で、ふたりはまるで秘密を共有するかのように愛の繭玉を紡ぎあげ、そのなかに引きこもった。顔を寄せ合ってひそひそと話すふたりに、ゆり子の母親はわざと、「なにを企んでるの、あんたたちふたり」などと言ってみせた。ふたりにあてがわれた広い座敷の襖の向こうからは、笑い合う声がしょっちゅうもれ聞こえた。

ある日の夕暮れどき、庭の水やりをしていた母親は、黄色い明かりの灯るふたりの部屋のほうへと近づいていった。盗み聞きするつもりはなかったものの、ガラス戸が開いていたので、ついついふたりの会話を聞いてしまった。

「手紙はようけちょうだいね。できるだけたくさんよ」

「もちろんだよ。君に手紙を書くことだけがわずかな慰めになるだろうさ」

「約束する?」

「約束するよ」嘉昭の声はどこか楽しげだった。

「思うたことは全部書いてね、全部よ」

「それは無理かもしれないな」

「なんで」

「だって、検閲があるから……。どんなものか知ってるよね」

「だいたい。ほいじゃけど、なにもそんな親密なことを書いてくれんでもええんよ」

「いや、そういう意味じゃないんだ。そうだな……ぼくがちょっと落ち込むとか、不安になったとする。でもそれを君への手紙には書けないんだ。兵卒でも、家族に手紙を送るときは、万事順調、精神も万全であると伝わるようにしなければいけない。士官はなおさらだよ」

「いけんことを書いたらどがいなるん」

「その言葉や文章を墨の線で消されるんだ」

「まあ……」ゆり子は驚いたが、すぐに「ほんなら、こうしましょ！」と、なにやら思いついたようだった。

静かになったと思ったら、棚の本を動かすような音がした。ゆり子がなにか探しているのだろう。母親は、わざと自分がいることに気づかせようと、砂利を踏みしめて進んだ。ところが、ゆり子も嘉昭も外の気配に気づくようすはない。庭に面した廊下と部屋を仕切る障子はぴったりと閉ざされていて、向こう側に灯る明かりが、半透明の障子紙に若いふたりの寄りそう影を映していた。いつの間にかふたりは仲良く肩をならべて座っていた。

「これ見て」ゆり子の声がした。「うち、漱石のこの本、おなじもんを二冊持っとるんよ。一冊あなたが持っていって、もう一冊をうちが持っとく。なにか検閲にかかりそうなことをうちに言いたいときは、その言葉を何ページの何行目って数字だけ書くの。間諜《かんちょう》が使う方法よ。本で読んだことがある」

　嘉昭が盛大に吹き出した。ゆり子の母親が、嘉昭の心の底からの笑い声を耳にするのは、それが初めてだった。嘉昭の影から腕が伸びてゆり子を抱きよせると、ふたりの影は近づき、そのまま一部が重なった。

「君は……」嘉昭はまだ笑いがとまらない。「数字がいくつもならんでいるのを見て、暗号だと気づかれないとでも思うのかい」

「たしかにほうじゃね。別の方法考えんと」ゆり子はがっかりした。

「ああ、別の方法を考えよう。でもそれはまた今度だ」

　障子に映った影がひとつに重なった。ゆり子の母親は静かにその場を離れた。


　休暇を終えた嘉昭は、卒業してすぐの四月初めに少尉に任官し、任地である呉軍港へともどっていった。ゆり子の家からわずか二キロメートルしか離れていない兵学校で過ごした日々は、もうはるか昔のことのように思われた。民間の船舶の出入りが厳重に禁じられていた呉からは、江田島への連絡船がなく、嘉昭は行き当たりばったりの交通手段――広島へ向かう軍用トラック、馬に引かれた荷車、軍人と見ると料金を三倍につり上げる人力車――で海岸まで行き、なにがしかの代金と引き換えに客を乗せてもいいという漁船に乗るしかなかった。そんなわけで、ふたりを隔てていたわずかな距離の海峡を越えるのに二時間あまりもかかってしまうため、会えるのは休暇のときだけとなった。ゆり子は門の外まで出て、いまにも夫の姿が現れないかと、港からのぼってくる坂のあたりをじっと見つめて待ったものだった。

ときどきふたりは、二児の母となっていた眞砂子を訪ねた。嘉昭は子ども好きで、甥っ子たちの相手をしては笑わせ、眞砂子の前でも少しずつ打ち解けた表情を見せるようになっていった。恩師である喬夫が不在のときなど、まもなく三歳になろうかという長男と相撲をとって遊んだ。投げ飛ばすふりをしては、最後は必ず勝たせてやるものだから、長男は大いにはしゃぐのだった。厳格な父親の喬夫は、そんなふうに遊んではくれないので、幼子は、若き叔父の来訪をまるで祭りのように心待ちにしていた。

「甘やかしすぎですよ」と、眞砂子は嘉昭に言ったが、心の内では義弟と息子のあいだに芽生えた心のつながりを喜んでいた。

生まれて間もない下の子に対しても、嘉昭は本当に優しかった。自らすすんで抱きあげ、赤ん坊が乳をもどしても、嫌な顔ひとつしなかった。

「かまいません、かまいません」慌てて赤ん坊を抱きとろうとする眞砂子に、嘉昭は笑って言った。「兵舎でもっといろんなにおいに慣らされてますから」

ゆり子は、手ぬぐいを濡らして夫の着物の汚れを拭いた。そんななにげないひととき、幸せいっぱいの顔で、ゆり子は夫を見つめるのだった。

「いつか、ぼくたちもふたりの家を持とうね」あるとき嘉昭はゆり子に言った。「遅かれ早かれ、この戦争も終わる」

「ええ、きっと。信じとかんといけんね」ゆり子は答えた。

こんな状況が二か月あまり続いた。ともに過ごす時間は、喜びに満ちたものだった。ただし嘉昭は、太平洋に浮かぶどこかの島に向かう軍艦への乗船をいつ命じられてもおかしくない身だった。

恐れていたその知らせが届いたのは、その年の六月末のことだ。七月八日に嘉昭は、シンガポール洋上にいた日本艦隊への合流をめざす巡洋艦に乗り込むことになった。嘉昭とゆり子は、わずか一週間のあいだに気持ちの整理をして、別れを受け容れるほかなかった。

岡山駅に到着するかなり前から、観光ツアーの乗客はいそいそと降りる支度に取りかかり、通路にならびはじめた。隣り合わせたふたりの婦人は、わたしたちに繰り返しお辞儀をしてから、道中お気をつけてと別れを告げた。

車両が半分近く空になり、新幹線はふたたび走りはじめた。わたしは眞砂子に、自身や弟妹《きょうだい》の青春時代の話の続きをしてくれるよう頼んだ。すると眞砂子は、愉快なエピソードを語りはじめたものの、ひとたび話が戦争のときのことになると、表情を曇らせた。それを見て、わたしは余計なことを訊いてしまったと後悔し、あわてて話題を変えようとした。運よくそのとき、車内アナウンスの甘ったるい声がして、間もなく新大阪駅に到着すると告げた。

新幹線から降りて、迎えにきていた夫の姿をホームに認めると、わたしの胸に言いようのない安堵がひろがった。

それから数日後、わたしは義父母の家を訪れた。当時、夫と交通の便の悪い山あいに住んでいたわたしは、義父母の家の一室を使わせてもらってプライベートでイタリア語を教えていたため、毎週金曜の午後に通っていたのだ。

その日、ふだんより三十分ほど早く着くと、眞砂子は出かけて留守だった。お邪魔しますと声をかけながら玄関に入っても誰も出迎えにこないので、義父しかいないのだと推測した。案の定、居間へ行くと、浴衣《ゆかた》姿の義父がひとり、あぐらをかいていた。目の前の畳の上にはひらいた新聞がある。九十キロを優に超える大きな身体で、部屋のかなりのスペースを占めていた。「こんにちは」と声をかけると、なにやらよく聞きとれない言葉をぶつぶつつぶやくだけの、いつものぶっきらぼうな挨拶が返ってきた。そんな義父の態度は、いまさら治しようのない照れ性から来るもので、根は優しくて心の広い人なのだということを、わたしはよくわかっていた。

つけっぱなしのテレビからはニュース映像が流れていたけれど、義父はとくに見ているふうでもなかった。

「お義母さんは出かけたのですか？」居間に入ってテレビの前に座りながら、わたしは尋ねた。

「ああ」義父が新聞から顔もあげずにうなずく。「だが、そろそろ帰るころだろう」

わたしはそれ以上、言葉をかけずに、テレビのアナウンサーがなにを言っているのか聴きとろうと耳を傾けた。テレビニュースほど聴きとりの難しいものはない。

「江田島はどうだった？」ややあって、義父の喬夫のほうから尋ねてきた。

「とても楽しい旅でした」

「退屈したんじゃないのか？」

「まさか。そんなことありません」わたしは、顔だけ義父のほうに向けて答えた。「それに、とてもおいしいお料理をご馳走になりました」ふたたびテレビの画面に目をもどす。

「それは、まあそうだろう」

新聞をめくる音がする。

「新樹くんとはどうだった？」しばらく間があって、義父がまた質問した。

「親切にしてもらいました」

「正直に言ったらどうなんだ。母さんから聞いたぞ。ずいぶんと不愉快なことを言われたそうじゃないか」

「そんな。ただ、戦争の話になって、そうしたら新樹叔父さんが……」

「あの男は、なにかにつけて戦争の話をしたがる」

わたしはニュースを聴きとるのをあきらめて、義父のほうに向きなおった。

「けれど、それほど熱狂的な軍国主義者のようにも思えませんでした」

「どうかな」義父はわずかに顔をあげ、メガネのレンズの上からわたしをのぞき込むようにして言った。「当時は、誰もが熱狂的な軍国主義者だった。新樹くんも例外じゃなかった」

「そうですか」

「あれは狂気の沙汰の戦争だった」

義父の言うことには心の底から賛成だった。

わたしがなにも言わないものだから、義父はまた新聞に目を落とし、わたしはテレビの画面にもどった。

「どちらの側も、完全に狂気の沙汰だった」しばらくすると、義父がまた口をひらく。

明らかに話をしたがっていた。義父にしてはめずらしいことだ。

「どちらの側も?」と訊き返した。

「ああ。こっちはあれほど無謀な戦いに突っ込んでいったし、向こうは向こうで、忌まわしい爆弾を落としやがった」

「そうですね。広島の平和記念資料館へ行って、写真や絵を見てきました」わたしは目を伏せた。

「ひどく衝撃を受けたんじゃないか？」

「はい、ショックでした」

「許せないのは、あんなものを落とす必要などまったくなかったということだ」

「どういう意味ですか？」

「二発も原爆を落とさなくとも、戦争は終わっていたということさ」義父はそう言いながらも、目では新聞の文字を追っていた。「日本は、実質的にはすでに戦争に負けていたんだ。国土は荒廃し、対空砲による応戦なんてまったく効果のないものだった。燃料も食料もとっくに尽きていたし、なにもかも不足していた。多くの人が飢えで死んでいったんだ」

「本で読んだことがあります」

「実際、春の時点ではもう、日本は秘密裡に降伏を申し入れていた」

「降伏を？　それは知りませんでした」

「日本は降伏するつもりでいたのに、アメリカ側に拒否されたんだ」

「拒否？　どうしてです？」

「日本側が、降伏の際に絶対に譲れない条件として、昭和天皇の在位継続を挙げたからだよ」そこまで話すと、義父はいったん間をおいて、わたしの目をまっすぐ見据えた。「信じられるかね？　天皇を救うために、全国民を犠牲にするつもりだったんだ」

あまりに愚かな話に、わたしは絶句した。

「当時は多くの日本人が、天皇を現人神《あらひとがみ》だと信じていたからね」義父は続けた。「新樹くんだって、いまはどう考えているか知らんが、あのころはそう信じていた」

「でも、結局、昭和天皇はそのまま皇位に残りましたよね。だったらなぜ、アメリカ軍は降伏の交渉を拒否して、原爆を落とさなければならなかったのです？」

「どうしてだと思う？」

わたしは首を横に振った。どう考えればよいのかさっぱりわからなかった。

「アメリカ側は、日本に原爆を落とすことによって、国威を世界に見せつけたかったのさ。とりわけソ連に対してね。ソ連は、自分たちも戦争による利益を得たいがために、八月八日に日本に対して宣戦を布告した。それでアメリカは、翌九日に長崎にまで原爆を落としたんだ」

それが事実だとしたら重大なことだ。なにも知らなかったわたしは、ひどく当惑した。

「試しに落としたと主張する人も少なくない」義父はなおも続けた。

「試しに？」

「そうだ。原爆が市民に与える影響を、実戦で試してみたかったんだ。開発に莫大な金がかかっているからね」

「なんというおぞましさ」

「そのとおり。おぞましい話だ。だが、われわれだって似たようなものだったよ」

義父はずり落ちてきた眼鏡をなおすと、改めて新聞を読み出した。

わたしはそのまま黙り込んでしまった。いま耳にしたばかりの話に心がかき乱されていた。

少しすると、玄関の引き戸がからからと開く音がして、ごめんくださいという弾んだ声がふたつ聞こえてきた。生徒たちが到着したのだ。

「では、授業をしてきますね」わたしは義父に声をかけて、立ちあがった。

襖を開けて廊下に出ようとしたところで、呼びとめられた。

「なんでしょうか」

「母さんから、亡くなった父上の話を聞いたよ」

「そうですか」

「父上となら、きっと気が合ったことだろうね」上目づかいにわたしの顔を見ながら、義父が言った。

言葉が喉につまり、わたしはうなずくのが精一杯だった。


それから二時間後、プライベートレッスンを終えると、台所へ向かった。眞砂子が流しで洗いものをする音が聞こえていたからだ。

「留守にしていてごめんなさいね」

「いいえ、大丈夫です。お義父さんと話してましたから」

「あら、めずらしい。なんの話？」

「戦争の話です」

「戦争？」眞砂子はスポンジを手に持ったまま振り返り、わたしの顔をまじまじと見た。

「いえ、戦争というより、和平交渉のことを話してくれたんです。わたしの知らなかったことを教えてくれました」

「そうだったの。そのあたりのことは、お父さん、とても詳しいから」

「なにかお手伝いさせてください。そこの野菜を切りましょうか？」

「そうね、お願いするわ」

わたしは手を洗い、引き出しから包丁を取り出すと、教わったとおり、キュウリをできるだけ薄く刻みはじめた。ゆり子の話をもっと聞きたかったけれど、下手に質問をして、知りたがり屋だと思われるのは嫌だった。結局、まわりくどいことはせずに、率直に質問するのがいちばんだと思いなおした。

「このあいだ、新幹線のなかでゆり子叔母さんの話になったとき、叔母さんの旦那さんは、巡洋艦《矢矧《やはぎ》》に乗って出征したと言ってましたよね。その後、帰ってきたのですか？」

眞砂子はすぐには返事をしなかった。皮をむいていたジャガイモに視線を落としたまま、身じろぎもせずにいる。

「ええ、復員したわ。帰るには帰ったけれど……。このことについては、身内ではあまり触れないことになっているの」

「そうなんですね。だったら……」

眞砂子は手振りでわたしを制した。なにも言葉を発さないことから、それが、彼女にとってつらい話題なのだということが伝わってきた。そして、悲痛な記憶をほじくり返すような質問をしたことを後悔した。ところが、しばらくすると義母は、テーブルに座っていたわたしの隣に腰をおろした。その眼差しは、彼女自身も、妹のことをもっと話したいのだと言っていた。そこでわたしは、江田島から帰って以来、頭から離れない疑問を思い切ってぶつけてみることにした。

「ゆり子叔母さんになにがあったのですか？　どうして家族のみんなが、ゆり子叔母さんのことを小さな子どものように扱うのですか？　まるで、特別にいたわる必要があるみたいに……。少なくとも、わたしはそんな印象を受けました」とうとう言ってしまった。

「じつはね、あの子は戦争で、わたしたちよりもはるかに深い傷を負ったの」眞砂子はしばらくためらっていたものの、意を決したように話しはじめた。


出征していった嘉昭からは、毎月、ゆり子のもとに便りが届いた。手紙には、ともに過ごした短い日々を懐かしむ文章と、将来への誓いの言葉が綴られていた。艦内での暮らしぶりについても触れられてはいたが、その大半が検閲によって消されていたため、ゆり子は、はっきりとした情景を思い浮かべることはできなかった。行間から読みとれるのは、戦意が昂揚する一方の仲間に囲まれて、嘉昭が居たたまれない思いをしていることと、お国のために死んでいくという心意気を共有できず、ひたすらゆり子のもとへ帰りたがっていることだけだった。

　十月半ば、嘉昭を乗せた巡洋艦《矢矧》は、シンガポールを出て、フィリピン海域に展開中だった艦隊に合流した。それは、戦闘開始が迫っていることを予見させる移動だった。事実、一週間後には、日本艦隊がレイテ島沖で大敗を喫したという情報がひろまり、ゆり子を失意のどん底に突き落とした。それからひと月、ラジオからも新聞からも伝えられるのは惨状ばかり。遠いフィリピン周辺では絶え間なく戦闘が繰りひろげられ、十一月の末ともなると、帝国海軍は艦隊の大半を失っていた。そして、ゆり子のもとには夫の消息がまったく届かなくなった。

　十二月に入り、いっさいの希望を失いかけていたときだった。九州から一枚の葉書が届いた。そこには嘉昭の筆跡で、《矢矧》は敵の空爆や魚雷から逃れ、現在は再武装のため佐世保海軍工廠《こうしょう》にもどっている、と綴られていた。嘉昭はさらに、近いうちに呉に帰るだろうとも書いていた。はち切れんばかりの思いで、ゆり子はわずか数行の文字を何度も読み返した。葉書を持つ手はずっと震えていた。

　それから数日後、嘉昭が江田島に帰還した。港からの坂道を息せき切って駆けあがり、玄関でもどかしそうに靴を脱いで家へ上がると、ゆり子の腕に飛び込んだ。

こうしてふたりは、ふたたび頻繁に会えるようになった。任務で呉にもどる嘉昭から、行ってくるよと声をかけられるたびに、ゆり子は、呉軍港が空爆に遭う恐れが高まっているることを考えまいとし、帰ってきた嘉昭を迎えるときには、ふたりの大切な時間を重苦しい想像で台無しにしないように努めた。

数週間が過ぎるうちに、ゆり子の不安は薄らいでいった。終戦が近いとささやかれはじめたのだ。人々の忍耐も限界に達し、空襲を避け、食糧を求めて疎開する家も増えた。なかには江田島にやってくる者たちもいた。そんな折の三月初め、とうとう呉軍港が激しい爆撃に遭った。ゆり子は嘉昭の無事がわかるまで、生きた心地もしなかった。そして、短時間だけ帰宅した嘉昭の口から、悲しい知らせがもたらされた。巡洋艦《矢矧》が、戦艦《大和》の護衛に加わるため、三月二十八日に出港するというのだ。向かう先は沖縄、敵国艦隊の日本列島上陸を食い止めるのが任務だった。ゆり子は気が遠くなった。形ばかりで成功の見込みのないこの作戦については、自殺行為だと反対する幕僚が海軍参謀本部にも少なくなかった。

「これを、君に持っていてほしいんだ」嘉昭はそう言って、軍服の裾をつかんでいたゆり子の手を優しく離すと、ズボンのポケットからなにやら取り出した。

「なに?」ゆり子は手の甲で涙をぬぐいながら尋ねた。

嘉昭は手をひらき、なかに持っていた小さな金時計を見せた。懐中時計を小さくしたようなもので、細い鎖がついていた。

「ほら、裏側が開くんだよ」嘉昭が小さな丸い蓋を開けると、折り畳まれた紙片が一枚入っていた。「ぼくは自分の写真も持っていないし、なにを入れようか迷ったんだけど、和泉式部の和歌を写して君に贈ることにした」

ゆり子は紙片を手にとって、そっとひらいた。

あぢきなく　雲居の月にさそはれて
影こそ出づれ　心やはゆく

消え入りそうな細い声で歌を読んだゆり子は、また声を押し殺して泣きはじめた。

「首にかけてあげよう」嘉昭は紙片を元どおり小さく畳むと、時計の裏にしまった。「ぼくたちのお守りだ。これでまた必ず会える」

ゆり子は弱々しくうなずいた。嘉昭は優しくゆり子の髪を片側に寄せ、鎖を首にかけて、うなじのところで金具を留めてやった。小さな時計が襟もとからわずかにのぞいた。

ゆり子は力を振りしぼり、港まで嘉昭を見送りにいった。そして突堤にたたずみ、夫や、やはりおなじ任務で出征していく若者たちを呉まで運ぶ船が遠ざかっていくのをじっと見つめていた。

朝霧の彼方へと小さくなった船体が消えるまで見届けてから、ようやく家路につこうとしたとき、少し先に知り合いの夫婦が見えた。彼らは、戦艦《大和》に水兵として乗り組む長男を見送った帰りだった。おそらく無意識のうちに、心痛を誰かと分かち合い、ささやかな慰めを得たいという気持ちが働いたのだろう、ゆり子は自分とおなじ苦悩を抱えているにちがいないその夫婦のことが無性に気になった。そこで夫婦のほうに歩み寄り、目を合わせて会釈をしたが、言葉はかけられなかった。すると父親のほうが、悲しみに悶える表情には不釣り合いの、かしこまった礼を返した。そして堰《せき》を切ったように話し出した。乗務員は望めば陸に残ってもよいと言われたが、息子を含め、誰ひとり下船を希望する者はいなかった。ただし、新兵だけには上官から直接、下船の命令が下された……。父親が声を詰まらせながらも誇らしげに語る傍らで、母親はハンカチを片手に弱々しくうなずくだけだった。

ゆり子の顔から血の気が引いた。嘉昭は、乗務員に陸に残る選択肢が与えられたことなどひと言も話してくれなかった。きわめて異例ともいえるその温情的措置の持つ意味が、あまりに明らかだったからにちがいない。

恐れたとおり、それから十日足らずの四月七日昼、沖縄を目指す洋上で日本艦隊は米軍の攻撃を受け、《大和》は、ほかの五隻の戦艦とともに海に沈んだと伝えられた。そのなかに《矢矧》も含まれ、艦隊の乗務員数千名の大半が命を落としたらしい。その後、いっさいの情報が途絶えた。ゆり子は食事も喉を通らず、ほとんど眠れなかった。母親はなんとかして娘を励まそうと、万が一、嘉昭の身に最悪の事態が起きたのなら、その知らせが届いているはずだ、と言い聞かせた。戦没者も行方不明者もすでに明らかになっているのだから。だが、それはあまりにも説得力のない慰めだった。江田島には、前線へ発っていった息子や兄弟が戦死しても、何週間も知らせが届かなかった家族が多くあることくらい、母親もゆり子も嫌というほどわかっていた。

嘉昭からの便りが届く可能性がたとえゼロに近かったとしても、ゆり子は毎朝、門のところで郵便配達が来るのを待たずにはいられなかった。そのうちに、遠くから配達員の姿を見るだけで、その日も夫からの便りのないことがわかるようになった。それでもときどき抑えきれずに、日中にも郵便受けを見にいくのだが、やはり空っぽだった。なにか紙が見えて色めき立つこともあったけれど、決まって無関係な配布物だった。

ところが五月も末のある朝になって、待ちわびていた手紙が届いた。封筒の嘉昭の筆跡を見るや、ゆり子は家に入るのももどかしく、胸を高鳴らせて開封した。

玄関に飛び出してきた母親に、震える声で手紙を読んだ。嘉昭は運よく生き残ることができたのだ。海中で救助され、空爆と米軍の雷撃を免れた船で日本に帰還していた。いまは、ほかの生き残った海兵、将校らとともに佐世保海軍工廠にいて、次の命令を待っている。しかし、港にはもはやどこを探しても一滴の燃料も残ってはいないため、おそらくずいぶん先のことになるだろう。嘉昭は海軍工廠内の厳しい状況についても書いていた。検閲の役人が理解できないよう、ふたりで読んだ羅貫中の『三国志演義』を引用して書いた文面から想像するに、国はもはや自らを守ること能《あた》わず、残る天道は降伏のみである、と言いたいようだった。

ゆり子は便せんを封筒にしまって母の顔を見た。「なんて言うてお祈りしたらええの。ヨシさんが無事に帰ってきてくれるだけでええ」

母親はゆり子の頭をなでた。

「きっと帰ってきんさるよ。きっと」

なにはともあれ嘉昭は日本にいるのだ。それだけでゆり子は穏やかな気持ちになれた。身体にもふたたび力がみなぎり、畑仕事もできるようになった。収穫したものの大半が供出となっても、自分たちの作った果物のほんの一部でも佐世保へ届くかもしれないと思い、喜んで役人に差し出した。

ところが、待てど暮らせど次の便りは来なかった。またしても、ゆり子は日々配達を待ちわび、そのたびに期待は裏切られた。いったいなにが起こっているのか。なぜ嘉昭からなんの便りも来ないのか。病気に罹ったのではあるまいか。満足に食べられないために、筆を持つ力さえなくなってしまったのだろうか……。

その二か月ほど前、喬夫が相模原の陸軍通信学校に転属となり、眞砂子とその家族は神奈川へと引っ越していた。ゆり子は両親のもとに残り、ひとりで嘉昭からの便りを待ちつづけた。それまでに受け取った手紙は、何度も繰り返し読むうちに一字一句覚えてしまっていた。

七月、B29による空爆で呉軍港が壊滅状態となったことを知ったゆり子は、そんな生き地獄から夫を遠ざけてくれたなんて、運命もあながち悪くないのかもしれないと思いなおし、くじけそうになる心を奮い立たせるのだった。それにしても、なぜ嘉昭は手紙をくれないのだろうか。

八月六日の朝、ゆり子は早くに起き出した。江田島と広島を結ぶ連絡船の運航は、燃料不足と度重なる空襲警報のせいで不定期になっていたため、列の先頭にならんで、数の限られた便に乗りたかったのだ。突堤までやってくると、まだ四、五人しかいなかったのでほっとした。なにか理由があって江田島への郵便配達が止まっているのではあるまいかと思ったゆり子は、広島の本局まで出向いて、それを直接確認するつもりでいた。両親は、行ってもなにもわからないだろうし、説明できるような人と話すこともおそらく無理だからと、ひき止めた。それでもゆり子は行きたがった。広島の町はほとんど空襲を受けていなかったので、お役所はきっとまだ機能している。とすれば、湾内の島宛の郵便物を仕分けしている人だっているにちがいない。いずれにしても、ただじっと待っているよりずっといい。

それまでも近くの郵便局に何度も訊きにいっては、そのたびに、いまは国のあらゆる機能が滞っているのだから、一通の手紙が届くにもたいへん時間がかかるのだと諭されていた。職員は、旦那が無事に国へ帰ってきただけでも恵まれているのだから、そう何度もやってきて仕事の邪魔をするのは、いい加減やめてほしいと言いたげだった。遅かれ早かれなんか知らせが来ますけえ。おとなしゅう待っとりんさいよ！

おとなしゅうね……。

ゆり子が連絡船を降りたのは、八時をまわったころだった。ほかの多くの乗客とともに、中心街に向かう路面電車の乗り場へと歩き出した。

ひとりで広島に来るのは初めてだった。父親がついていきたがったが、さすがにこの時期、畑仕事は休めなかった。ゆり子は少し不安になった。日本でもっとも重要な呉の軍港に近い広島は、あらゆる種類の備蓄の場であると同時に、各部隊の駐屯地ともなっていたため、兵士や海兵でごった返し、道路は、軍用トラックや荷台を幌で覆った車、自家用車、自転車、手押し車などでいっぱいだった。役所も人であふれて、職員はみな忙殺されているだろう。やっぱり、行ってもなにもわからないかもしれない。

忌わしい戦争がはじまる以前は、兄弟や友達とよく広島に来ていた。日曜の午後など新天地の繁華街を歩いたりもした。ゆり子は、いつの日か嘉昭と一緒に来るのを心待ちにしていた。ふたりで映画館に行くなんてどうかしら……。初めて映画を観たときの感激をいまも憶えていた。ホールの照明がしだいに暗くなって、スクリーンにタイトルが映し出される。そのときに観た『土と兵隊』は、ひどく退屈な映画だった。でも、二度目に観た映画には心から感動して（涙が涸れるほど泣いたけれど）、家に帰ってから、母親にストーリーを事細かく話して聞かせたものだ。歌舞伎役者の人がおってね、その人が若い乳母に恋をするんよ、乳母も彼のことを好きになって……。でも役者のほうのお家はふたりの恋に反対するんよ、それで乳母は好きな人の芸の道の邪魔にならんようにって身を引くの。最後、やっとこれですべてうまくいくと思ったときにね、女の人が結核で死んでしまうん。『残菊物語』というタイトルのその映画を、いまでも鮮明に憶えていた。

映画のシーンを思い出しながらぼんやりと船着き場をあとにして、向かいの路面電車の乗り場まで行こうと道を渡りはじめたとき、突然、目もくらむような閃光が空に現れ、それはそれは恐ろしい轟音が響いた。すさまじい揺れと突風が巻き起こり、ゆり子は身体が地面に叩きつけられるのを感じた。あたり一帯が暗くなり、家のガラスというガラスは瞬時に砕け散り、いくつもの建物が倒れ、電柱は傾き、真っ黒の粉塵が通りを埋めるように漂ってきた。そしてふいに静まり返った。この世のものとも思えない、不気味な静けさだった。

長い時間、ゆり子は動けずにいた。恐ろしくてたまらなかった。とんでもなく大きな爆弾が広島の町に落ちたにちがいない。それとも大きな地震か。いや、そんなはずはない。地震なら、空に閃光が現れたりはしないし、あたりを暗くするほど埃《ほこり》が舞いあがることもないはずだ。そういった考えが数秒のうちに脳裏をよぎった。自分でも驚くほど頭が冴えていた。

どれほどの時間が経ったのだろうか。ようやく周囲のようすが見えるようになってきたので、身体を起こしてみた。脇腹が少し痛む程度で、たいしたことはなさそうだった。幸い、爆発の瞬間には道路の真ん中にいたので、瓦やガラスの破片にも当たらなかった。嘉昭が首にかけてくれてからというもの、片時も離さず身につけていた時計を探る。ちゃんとある！

幕のような噴煙が薄らぐと、なかば倒壊した建物がいくつも見えてきた。梁《はり》だけになった家の下に、板、襖、家具の残骸が積み重なり、さらにその下には、怪我人や、死んだ人が埋もれているのだろう。一方で、不思議なことにほとんど壊れていない家も何軒かあった。そのうちの一軒から、赤ん坊をおぶった女性がよろよろと出てきたかと思うと、なぎ倒された木につまずいて、その場にへたり込んだ。立ちあがることができた人も、家からどうにか脱出した人も、まるで幽霊のようで、周囲をうかがう形相は恐怖に怯え、顔も服も灰色の埃をかぶっていた。ゆり子は頬を触ってみて、自分も汚れていることに気づいた。ハンカチを出そうとしたがバッグがない。あたりを見まわしたところ、数メートル先の瓦礫のあいだに落ちていた。近づいて拾うと、口は閉まったままだ。ハンカチを取り出して少し拭いてみたものの、煤《すす》はほとんど落ちなかった。でも、こんなときにそれがいったいなんだというのだろう。無傷だっただけでも自分の幸運に感謝しなければ。居合わせた人たちはどこにも怪我をしていないか調べはじめた。支え合うようにして傷の具合を確認する人や、泣き声をあげる子どもをなだめている人たちもいる。立ちあがろうとした老女にゆり子が手を貸すと、何度も何度も礼を言われた。老女の着物は破れ、髪は乱れていたが、動転したようすはなかった。ただ、目が真っ赤に充血していた。「揺り返しが来よるよ」老女は何度も言った。「お嬢さん、気をつけんさい。きっと揺り返しが来よるから」ゆり子は、これは地震じゃありませんよと告げる気にはなれなかった。

車も自転車も荷車も、瓦礫に埋まった道で立ち往生し、路面電車が一両、脱線して止まっていた。誰もが右往左往している。その朝は、七時ごろに空襲警報が解除になったあと、B29の大編隊は確認されていなかったため、爆撃など予想だにしていなかったのだ。澄みわたった青空を偵察機らしきものが三機、南から高速でやってきて、町の上空を飛んだと思ったら、直後にあの閃光が町を襲ったのだった。これからどうすればいいのか、誰にもわからなかった。中心街へ行くのは無理だった。通りは粉塵に埋め尽くされ、大きな爆発音まであがっている。おそらく火災が発生し、軍需品や備蓄燃料が燃えているのだろう。混乱は刻一刻と増していた。残された人たちが瓦礫の下敷きになった人々の救出をはじめ、泣きじゃくる子どもたちが抱きかかえられるようにして助け出された。怪我をしていても歩ける人は、救護所を目指して少しずつ歩き出した。少しでも怪我の軽い者が重傷者を支え、男の人は年のいった女の人をおぶって歩く。防空壕に入れと急かしている人もいた。中心街に向かって歩き出した人は、たちまち真っ黒な粉塵に遮られて見えなくなり、あたりを包んでいた不気味なほどの静寂に吸い込まれた。町の方角からは、爆発音のほかにはなにも聞こえなかった。救急車のサイレンも消防車の鐘の音も、なにも。

途方に暮れたゆり子は、家に帰ることにした。こんな状況では、本局まで行くのはとうてい無理だろう。果たして町の中心地に郵便局はまだあるのか、たとえ一部でも残っている建物があるのか、生き残った人がいるのか、それさえわからなかった。ゆり子の頭は驚くほどめまぐるしく回転し、本能的に、あと三十分早く着いていたら、自分も命を落としていただろうと悟っていた。

江田島へ帰る船に乗るまでにはかなりの時間を要した。港の混乱ぶりはすさまじく、係留された連絡船は、どれも海に出られる状態ではなかった。大勢の人が怪我をしていて、髪が焼け焦げた人や耳から血を流している人もいた。ようやくゆり子が一艘の漁船に乗せてもらえたときには、すでに午後になっていた。漁師たちは、情報収集と救護活動のため、朝から湾内の島々と広島のあいだを何度も往復していた。そのなかに、たまたま伊東という江田島出身の青年（足が悪いために徴兵を免れた眞砂子の同級生）がいて、船着き場の群衆のなかのゆり子に気づき、声をかけてくれたのだった。ゆり子は心から感謝し、促されるままに舳先へ向かった。木の腰かけにぐったりと座ると、スカートが破れていることに気づいた。嘉昭に初めて会った日に穿《は》いていた空色のスカートだ。その朝、嘉昭の好きなそのスカートを、験《げん》かつぎのつもりで選んだのだ。ヨシさん……いまどこにおるの。こんなことになってしまって、夫の消息がわかるまでにあとどれだけ待たなくてはいけないのだろう。考えれば考えるほど不安になった。どうかご無事で。ゆり子は心のなかで祈った。無事でおってくれますように……。手のひらを合わせようとして、左手にまだハンカチを握りしめていたことに気づいた。丸めたハンカチには、黒くべっとりとした粉塵がついていた。

振り子時計が一回、ボーンと鳴った。六時半。もうとっくに家に着いていなければならない時間だ。眞砂子も、ふだんならそろそろ夕飯の支度を終えるころだった。話にすっかり夢中になっていて、時間が経つのも忘れていた。

「また来週、来ますね」わたしは玄関であわてて靴を履きながらそう言い残し、義父母の家を出た。

ゆり子の物語の続きは、翌週まで待たずに聞くことができた。それから二、三日して眞砂子から電話があり、友人が堺でチャリティーバザーをひらくから、一緒に行かないかと誘われたのだ。

「アンティーク雑貨が中心らしいの。あなた、好きでしょう？」

「喜んでご一緒します。車で迎えにいきますね」

約束の時間を決めると、電話を切った。


「お友だちって、どんな方なのですか？」

「友だちというより、遠い親戚といったほうが正確かもしれないわね」眞砂子は、わたしが運転する車の助手席に乗り込み、ドアを閉めながら答えた。

「アンティークに詳しい人なんですか？」

「そういうわけじゃないの。少し前にお母さんが亡くなって、実家を売りに出すことにしたんですって。骨董品が山のようにあるらしいのよ」

「せっかくの家を、どうして売ってしまうのですか？」

「ほかに仕方がないみたい。相続税が高すぎて払えないんですって。家屋は解体されて、きっと新しいマンションが建つんでしょうね」

各地の住宅街で、わずか数年のうちに趣が一変してしまうことがあるのには、そういう事情があったのか。昔ながらの魅力的な街並みが失われ、変わり映えのしない住宅密集地か、小規模のマンションばかりが建ちならぶ街へと姿を変えていく。そんな変化が少しずつ重ねられていくうちに、いつしか伝統的な日本は姿を消してしまうのかもしれない。繊細な木造の家屋も、丹念に手入れされた庭も、石塀や花の咲く生け垣も、ことごとくなくなってしまうのだろうか……。

「ゆり子が、あなたによろしくって言ってたわ。今朝、電話で話したの」絶妙なタイミングでわたしの思考に割り込みながら、眞砂子が言った。

「お元気でしたか？」

「ええ、それなりに元気そうよ」その声には、なにか含みのようなものが感じられた。

「こんど電話で話すときには、わたしからもよろしく伝えてください」

眞砂子は、言いたいことがまだあるのだけれども、躊躇しているようだった。

無事に家に帰りついたゆり子を見て、両親は安堵の息をついた。憔悴してはいたが、怪我をしているようすはない。まさに奇跡だった。

「なんとか帰ってきてくれました」母親は仏壇の前に座って線香に火をつけ、ご先祖さまに報告した。

朝のラジオでは、広島に爆弾が落ちたというニュースは流れなかったのだが、キノコのような形の巨大な雲が上がったのが江田島からもはっきり見えたので、人々のあいだに動揺が走った。なにか恐ろしい事態が起こっているにちがいない。火薬庫が爆発したんじゃないかねと誰かが言えば、そりゃない、町に火薬庫はないけんと別の者が言う。みんな口々にああだこうだと言い合った。ゆり子の両親は、娘の姿を見るまで、まともに息さえできずに永遠とも思える時間をやり過ごしていたのだった。

翌日流れたニュースに、誰もが言葉を失った。広島に落とされたのは確かに爆弾だが、どんな種類の爆弾なのか、正確なところは誰にもわからないというのだ。ほどなくして燃えひろがった火災は、木造家屋がひしめく町をたちどころに焼き尽くし、死者は数万人にのぼった。それだけでなく、三日後にはおなじ運命が長崎を襲ったのだ。情報が錯綜《さくそう》し、専門家らが原子爆弾だったと言明したのは、ひと月あまり経った後のことだった。無傷で生き延びた人が、ある日突然病気になり、わずか数日で命を落とすこともあった。それはあまりに異様で、恐ろしい光景だった。皮膚が剝がれたり、突然髪が抜け落ちたり、そうかと思えば身体中に横痃《よこね》ができたり、失明したり……。人々はパニックに陥った。まもなく伝染するのではないかという恐怖がひろまり、生まれてくる赤ちゃんへの影響も懸念されるようになった。草が二度と生えないだろうと言う人もいた。そのあいだにも、発病者は増す一方だった。昨日まで元気だった人が、数週間のうちに突然高熱に見舞われたり、皮下出血を起こしたり、潰瘍になったりして、皮膚癌や白血病といった診断が下された。

幸い、ゆり子はこれといって被害を受けていないように見えた。

「具合はどうね？」毎朝、起きるとすぐに母親に尋ねられるもので、ついにはゆり子も怒り出した。

「うちは元気じゃ。そないしょっちゅう訊くんはやめてえや。そんな心配されたら、それだけで病気になってしまうわ」

特段なんの兆候が現れることもなく日々は過ぎ、ゆり子の両親も少しずつ落ち着きを取りもどしていった。数か月もするころには、母親はお供えを持って神社へお礼参りに出かけた。

八月十五日、天皇による終戦の詔《みことのり》がラジオ放送されると、ゆり子は、少なくともこれで嘉昭が戦闘で命を落とす心配はなくなったと考えた。しかしその後、米軍と連合国軍による占領統治がはじまると、今度は、嘉昭が捕虜となっているのではないか、ひどい処遇を受けて死にかけているのではないか、もしやもう死んでしまったのではあるまいかと、ふたたび気を揉《も》むことになった。それでも時が経つにつれ、占領軍に報復の意図はないとわかってきて、いくらか希望を取りもどした。嘉昭は、日本中が混乱のなかにあるために、いまは帰ってこられないだけで、きっと生きている。お役所の例にもれず郵便局も機能が滞っていたため、私信などは、行き当たりばったりの交通手段で移動をしていた人たちに、一袋の米や大豆と引き換えに託されることも多かった。

そうして一月の初め、ゆり子は、何か月ぶりかの嘉昭からの便りを、見知らぬ人から受け取ることになる。実際のところ、嘉昭がその手紙を書いたのは十一月、除隊した元海軍兵の復員輸送艦でもどった東京でのことだったが、それからゆり子のもとに届けられるまでに数週間もかかってしまった。手紙には、短いながらも、なんとしてでも江田島にたどり着こうとする嘉昭の決意が認《したた》められていた。最後の数か月の試練で心身ともに衰弱しきっていたので、少し回復したらすぐにでも、と。ゆり子は、夫の身を案じながらも、あと幾日かすればその姿を目にできるという確信を得て、花が咲いたように明るくなった。すべてが元どおりになる。まもなくゆり子と嘉昭は、戦争によって中断されていたふたりの幸せな暮らしを再開するのだ。

一週間、ようやく帰ってきた嘉昭は、人がちがってしまったようだった。髪は伸び、顔はやつれ、身体は痩せ細り、身に着けた平服はぶかぶかだった。何歳も老けたように見え、その瞳からは、かつての朴直な光が消えていた。それでも嘉昭であることには変わりなく、それ以外のことはゆり子にはどうでもよかった。出迎えたゆり子の言葉にならない喜びようは、まさしく、死んだと思っていた恋人に再会したかのようだった。

それから何日か、新婚生活を再開した夫婦の調和を乱すものはなかった。外は兵学校に駐屯していたオーストラリアの占領軍兵士が巡回していたので、嘉昭は鉢合わせになるのを嫌がって家にこもっていた。すでに除隊されて敵ではないのだから、身の危険を案じてのことではなく、おそらく屈辱的な思いのためだろう。夫の表情から再会した当初の穏やかさが消え、少しずつ思い悩んでいるように見える時間が増えているのも、その屈辱のせいだとゆり子は考えた。忘れてはいけない、彼は巡洋艦の上で何か月も過ごし、沈没も経験した帰還兵だ。目の前で大勢の仲間たちが溺れ死んだのだし、彼自身も、敵の機銃掃射のなか、かろうじて軍服の襟をつかまれて水から引きあげられたのだ……。いかに強靭な精神の持ち主でも、憔悴するに足る体験ではないか。

だが日が経つにつれて、あれほど喜んでいた娘の表情が曇りがちになっていくのを見て、ゆり子の両親はなにか別の原因があるのではないかと思いはじめた。母親は遠慮がちに尋ねてみるが、娘からは曖昧な答えしか返ってこないし、嘉昭がふさいでいる理由についても、ゆり子は適当にごまかすだけだった。まわりがあてられるほどだったふたりの睦まじさは、消え失せたようだった。

いったい嘉昭はどういうつもりなのだろう。江田島に残って仕事を探すのか、ゆり子をつれて東京へもどるのか、それすらもわからなかった。ゆり子の両親は、なんとかしてふたりの思いを読みとろうと一言半句も聞きもらさないよう気を遣った。せめて姉の眞砂子に打ち明けて、相談してくれればいいものを。長男の新樹は、捕虜になったまままいつもどるかもわからない。その身を案ずる毎日に、末娘を思う心労までがのしかかっていた。

その月も終わるころ、ゆり子がいきなり母親に告げた。嘉昭さんは東京へ行くことになりました、と。

「え、ひとりで?」母は驚いて訊き返した。「ほいじゃけど、帰ってきたばっかりじゃないの……。なんで行かにゃいけんの。道中かて大変じゃろうに」

「心配いらんよ、お母ちゃん。すぐもどりんさるけん」ゆり子は母を安心させるように言った。

「すぐっていつね。どうゆうこと」

「仕事と、あと、家が見つかったら、ゆうこと」

「仕事と家て？　ほんな、どれだけかかることか！　復員した人みんなが仕事探しとるんよ。ヨシくんだけじゃのうて」

「あちらのお父さんが力になってくださるじゃろうし……」

「あちらのお父さん？　あんた、自分が言うとること、わかっとる？　あのお父さん、捕まっとられんのが奇跡なぐらいよ！」

ゆり子は困った顔で口をつぐんだ。

「家にしたって、東京じゃ、焼けずに残っとるほうが少なかろうに」

「でも、ヨシさんが東京行くほうがええ言うて。ここにおってもなんもすることないけんって」

「ああ、それはわかる。ほいじゃけど、ふたりで向こうで暮らす言うんなら、あちらの親御さんの家に住まわせてもろたらええ。何か月も離ればなれになった末に、なんでまた別れるようなことするんね」

ゆり子は、それ以上説明しようとはしなかった。あまりにつらそうなその顔を見て、母も尋ねるのはやめた。

ヨシくんの決断にはきっと、なにかもっと深いわけがあるんじゃわ。それがなんなのか想像もつかんけど。一点の曇りもなかった若いふたりの関係に、戦争が影を落とした。それはあり得るじゃろう。けど、いまも互いを想い合うとるのでしょう。誰が見てもそれはわかる、それならなんでふたりで一緒に関係を築きなおそうとせんのよ。そばにおって互いにいたわり、助け合うて。そりゃあ、姑夫婦との同居生活はゆり子にはつらいかもしれない。それはうちもよう知っとる。でも、そもそも嫁とは昔からそういうもんじゃ。それに、同居が嫌なんじゃったら、一緒にここにおって、もう少し状況がよくなるのを待てばええ。なんも急ぐことありゃせん。島の暮らしは総じて悪うないんじゃけん。

それでも、嘉昭は単身、東京へもどっていった。帰りはいつになるのか。ゆり子にもわからなかった。いろいろあるけれどまあ早々に片がつくじゃろう。いくらゆり子が両親に心配をかけまいとしてそう言っても、確信がないことは声でわかった。嘉昭が行ってしまったあと、ゆり子は落ち着きを失った。しょっちゅう機嫌を悪くして、周囲の手にあまることもあった。あの明るいゆり子が、である。昔から周囲の言うことを聞くような子ではなかったけれど、本当にいつも明るい子だったのに……。

嘉昭が次にゆり子のもとを訪れたのは、三月のことだった。最後となったその訪問は、前回よりもさらに短いものだった。到着して数時間もしないうちにわかったのは、東京でなにひとつ解決できなかったということ。計画はことごとく行き詰まり、状況は一向によくなっていなかった。それどころか、ふたりは部屋にこもったきり、ほとんど出てこなかった。なかからは、話し声や言い争う声がもれてくるものの、声をひそめているために、内容まで聞きとることはできなかった。確かなのは、部屋のなかで楽しげに笑い合っているわけではないということだけだった。ときおり泣き声が聞こえたような気がすると、母親は閉じた襖越しに聞き耳を立て、父親は少し離れたところから、どうなってるんだと目で問いかけた。でも、母親にしても返事のしようがなかった。父母は苦悶しつつ、あれこれ思いを巡らすよりほかなかった。いったいどうなってるんだ。なぜなにも話してくれんのか。

そして、ちょうど一週間経った日の朝、嘉昭は去っていった。ゆり子は部屋から出てこず、両親のところには嘉昭ひとりで挨拶に来た。居間の畳に膝をついて座り、深々と頭を垂れた。そして、これまで多大なご迷惑をおかけしました、と詫び、お目にかかるのもこれが最後です、と告げた。ほかはなにも言わず、なんの説明もしなかった。しようとはしていた。なにか言いかけたものの、声が喉につまり、ひと言も発せられなかった。そんな姿を晒すことを恥じ入り、嘉昭は呆然としている義父母にもう一度深く頭を下げた。そして立ちあがり、背嚢《はいのう》をつかむと、早足で部屋を出ていった。ゆり子の家からも、そしてゆり子との人生からも、出ていったのだった。

ひと月後、正式な離縁の申し入れが届き、ゆり子は無条件で受け容れた。一連の手続きは速やかにおこなわれた。

ゆり子は旧姓にもどり、そのまま父母の家の、夫と過ごしたその部屋で暮らすことになる。

眞砂子は、話し終えたあとも頭のなかで思考をたどっているらしく、数分の沈黙が流れた。予想よりも道路が混んでいて、わたしたちの車は渋滞の列についてのろのろと進んでいた。ビルのあいだを蛇行する高架道路の両側では、大勢の人たちがオフィスで働くようすを窓ガラス越しに観察できる。

「ゆり子に、ひとりでつらい思いをさせてしまったんじゃないかって思わずにはいられないのよね」しばらくして、眞砂子がようやく口をひらいた。

「でも、ゆり子叔母さんはひとりじゃなくて、ご両親と一緒だったのですよね」

「そうはいっても、なかなか親だけではね……。わたしがそばにいたら、いちばんつらい時期を乗り越える手助けができたかもしれない」眞砂子の口ぶりからは、深い苦渋がうかがえた。「ゆり子と一緒にいると、ときどき、原爆が炸裂したときの強烈な閃光で、石段に影だけを残して消えた人たちのことが頭をよぎるの。妹の身に起こったことも、それとどこか似ているような気がしてね。屈託のない娘だった、かつてのあの子の影だけが残されたみたいな……」

「旦那さんに……離縁されたからですか？」

眞砂子は頭を振った。

「それだけじゃない。離婚による落胆に、もうひとつ別の不幸が重なってね。じつは、あなたにはまだ話していなかったことがあるの。誰も触れたがらないことなのだけれど、ゆり子は病気になったのよ。原爆が落とされた日に広島へ行って、放射線を浴びたばっかりに……」

「まさか、そんな……」

「悔しいけれど、本当のことよ」

「いつ発症したんですか？」

「終戦の二年後。一九四七年の春だった。奇妙な症状を訴えるようになってね。食べ物がなかなか飲み込めなかったり、声がかすれたり……。それで、検査を受けにいったら、甲状腺に悪性の腫瘍が見つかったの」眞砂子は自分の喉もとに手を当てながら言った。それでもわたしがコウジョウセンという単語の意味を理解できずにいるのを見てとると、英語でなんというのか、必死に思い出そうとした。英語なんてわずかな単語しか知らない彼女だったが、きっと、それまでに手段をつくして妹の病気に関する情報を集めようとしたのだろう。しばらく考えてから、「サイロイド・グランド……。たしか、サイロイド・グランドだったわ」と言った。

「そうですか……」やはり恐れていた病気なのだと思いながら、わたしは訊いた。「被爆のせいで腫瘍ができたんですか？」

「そうよ。典型的な症例らしいわ」

「親族のなかで、ほかにも発症した人がいるんですか？」わたしは、予想もしていなかった話によって、感情を波のように揺さぶられた。

「うちは島の東岸にあるから、被害は比較的少なくてすんだの。それでも、従姉のツヤちゃんにしても、ツヤちゃんのお父さんやお母さんにしても、うちの父にしても、重い症状ではないけれど、なにかしら不調を抱えてた。放射線を直接浴びなくても、原爆の炸裂によって巻きあがった塵や埃が、それから何日かかけて風に運ばれて、何キロも離れた海や陸の上に降りそそいだの。それが放射能を帯びていたものだから、海の魚も、畑の作物も汚染されてしまった。二次被爆と言われているわ」

「なんて恐ろしい……」言葉が続かなかった。

「そうなの。地元の人たちは誰もがこの話題を避けたがる。とくに女の子を持つ家庭では、悪影響をおよぼすといけないと言ってね。だけど、慢性的な健康障害を訴える人は、決して少なくないの」

「女の子に悪影響？」

「つまり、嫁のもらい手がなくなるということ」

「だけど、男の人だって被害に遭ったわけですよね。女の人だけじゃないと思いますけど」わたしは反論せずにはいられなかった。そのとき、わたしの脳裏には、日本人と結婚したいと打ち明けた際に、母がなによりもまず、一九四五年の夏、相手の方のご家族はどこにいたのかと尋ねたことがよみがえった。広島からは離れた場所に住んでいたと説明しても、母のショックが和らぐことはなかったのだ。

「原爆投下のあと、広島市内に親戚を探しに行って病気になった人もいるの」

「ゆり子叔母さんは手術を受けたんですか？」

「ええ、甲状腺を切除した。幸い手後れにならずにすんだけど、しばらくして今度は腸に問題が見つかって、いまも苦しんでるわ。白血病って知ってる？　その症状のひとつなの。わかるかしら」

「はい、このあいだ平和記念資料館に行ったときに聞きました。展示室で音声ガイドを聞いたので、知らなかった単語をいくつか覚えました」

「弟は、孫の誠が色を識別できないのは、放射能のせいだと言い張るのよ」眞砂子は続けた。

「本当なんですか？」

「それはわからない。広島では、原爆が落ちたあと、障害を持った赤ちゃんがたくさん生まれたらしいわ。でも、誠はずっと後になって生まれた子だから……」眞砂子は、力なく頭を振った。「どちらにしても、親族のなかではゆり子がいちばん不運だったことに変わりない」

「ゆり子叔母さんは、別れた旦那さんの話をすることがあるのですか？」

「以前はほとんど口にしなかったけれど、時間が経つにつれて、少しずつ話すようになってきた。といっても、話すのは決まって新婚のころか、婚約していたころのことだけ。まるで、つらい記憶はすべて消し去って、美しい思い出だけを保存しているみたいにね。たとえば、庭に植えられたあの桜の木を神聖なもののように崇めている。彼がまだ学生で、寮生活をしていたころ、よく会いにいっていた海軍兵学校も、あの子にとっては神聖な場所というわけ」

「女の人も、兵学校のなかに入れたんですか?」

「ええ、そうよ。将校たちは家族と一緒に敷地内に住んでいたの。面会時間が決められていて、ゆり子も婚約者に会いにいくことができた」眞砂子はそう説明した。これで、いまは資料館になっているあの場所に、かつてふたりで訪れていたのかもしれないというわたしの推測が正しかったことが証明された。「きっと、あの子は無意識のうちに、心のなかに神話のようなものを創りあげてしまったのでしょうね。部屋にはいまだに新婚当時の写真まで飾っているし……」

わたしは顔が赤くなるのを感じた。ありがたいことに眞砂子は、こちらの当惑には気づいていないようだ。

「ゆり子叔母さんにしてみれば、いっそのこと旦那さんが戦死したほうがよかったのかもしれませんね。そうしたら歳月とともに心の傷も癒えるし、お相手の方も、英雄としてみんなの記憶に刻まれたでしょうから」

眞砂子は首を横に振り、きっぱりと否定した。

「それはちがうわ。そんなことになったら、ゆり子はきっと生きる力を失ったと思う」

「でも、お義母さんだって、ゆり子叔母さんが昔のゆり子さんの影のような存在になってしまったって言ってたじゃないですか。それはつまり、生ける屍《しかばね》のようなものだってことですよね？」

「そうね、そのとおりかもしれない。たしかにあの子は、とてもつらい思いをしてきた。ただ……なんと説明したらいいのかしら。嘉昭さんが最終的に江田島を去ったとき、ゆり子は一度だけ母の前で涙を見せた。でも、それきり、誰もゆり子が泣いているところを見たことがないの。打ちひしがれたようすもない。少なくとも、両親にはそんな印象を与えたことはなかった。たしかに閉じこもり気味で、あまり誰とも打ち解けようとしないけれど……。それでも、まるで心の奥に、絶望や孤独に打ち克つ力を与えてくれるなにかを秘めているように見えるの。秘密の力とでもいえばいいのかしら。それは、たんにあの子の性格によるものではないと思うのよね。いまでもそれは変わらない。あれから何年経っても、ゆり子は少しも変わらないの。あの子が人生に絶望しているように感じたことは一度もないわ」

「だけど、再婚しようとはしなかった……」

「そうなのよ。いろいろ複雑な事情にもかかわらず、縁談を持ちかけられたことは何度かあったけれど、ゆり子は一度もまともに取り合おうとしなかった。あの子の心のなかには嘉昭さんがずっといて、忘れようとしないのよね。それどころか、あの子にとっての最初で最後の恋として、鮮やかな記憶のままとどめたがっているように見える。嘉昭さんと離婚したあと、ゆり子は実家の近くに仕事を見つけて、両親とずっと一緒に暮らしていた。最初に父が、次いで母も亡くなるまでね。老いた父と母の面倒を最期まで看てくれたのは、あの子だった。そのことも、わたしの負い目になっているのかもしれない」

「でも、お義母さんには家族があって、手のかかる子どもたちだっていたのですから」

「それに、あの子は島の人たちの好奇の目にも晒されていた。島ではそれは注目された結婚だったから、別れたときにはみんなが真相を知りたがってね。なにげない質問を装って、あれこれ穿鑿《せんさく》するの。無遠慮な言動が人をどれだけ深く傷つけるか、わからないのよね」

そのときわたしは、江田島の生地店で、小川のおばあちゃんという人が、「なんでまた、こがいな遠い島までおいでなすったんですか？」と尋ねたときに見せた、眞砂子とゆり子の反応を思い出していた。

「それにしても、いったいなぜ別れることになったんでしょう」わたしはそう口にしたものの、それは質問というよりも、理解の範囲を越えた出来事に対する異議申し立てのようなものだった。

眞砂子はすぐには返事をしなかった。膝の上においた両手にじっと目を落とし、わたしの質問の答えを探しあぐねているようだった。

「わたしも長いこと考えつづけてきた。話してくれないかと、ゆり子にも何度となく頼んだのだけど、あの子は頑なに口をひらこうとしない。このことについては、ひと言も語ってくれないのよ。父と母は、彼が戦地でなにか重い病気に罹ったのかもしれないと想像していた。さもなければ、ひどい鬱になって、一から出直す気力がなくなってしまったんじゃないかってね。だけど、どれも憶測でしかないわ」

「でも、それが正しいかもしれませんよね。仕事もなければ住む家もない状態で、立ちはだかる困難と向き合う勇気が出なかったとか……」わたしは、確信もないままに、そう口にした。

「でもね、あのころは、多かれ少なかれ誰もがそんな状況だった。戦後は、みんながつらい思いをして生き抜いていたの。たとえいろんな困難があったとしても、ふたりで力を合わせれば乗り越えられたはずよ。多くの夫婦や家族がそうしてきたのだから」

「それにしても、悲しくて理不尽な話ですね」

「本当に、理不尽なことばかりだった」眞砂子は深いため息をついた。「なにが正しくてなにが間違っているかなんてわからないし、なにが善くてなにが悪いのかもわからない。誰もがそんな混乱のなかで必死に生きていたのよ」

車内は静まり返った。

わたしはカーラジオのスイッチを入れ、クラシック音楽にチューニングを合わせた。ようやく渋滞からも抜け出しつつある。あと三十分もすれば堺に着くだろう。

それきり、ゆり子に会う機会は二度となかった。

月日が過ぎるにつれ、わたしは日々の仕事に追われ、ゆり子のことも、彼女の身に起こった出来事についても、しだいに考えなくなっていった。ときおり、とりわけ島で海水浴のできる夏がめぐってくると、ゆり子に会いにいけたら素敵だろうと思うものの、とりとめもない願望にとどまり、足を運ぶことはなかった。

わたしにとって江田島で過ごした数日は、日本社会に適応するうえでの小さな分岐点となった。他人の心に土足で踏み込むような高圧的な叔父と対峙したことによって、それまで自分が、周囲に受け容れてもらいたいと願うあまり、自らのアイデンティティーまで見失いかけていたことに気づかされた。そうではなく、生まれ持った個性と、受けた教育によって形成されたわたしというひとりの人間と、自分を受け容れてくれる社会に根づいている慣習とのあいだで、より調和に満ちた関係性を築けるように努力をするべきだったのだ。日本の文化を愛し、いくつかの価値観を採り入れながらも、そのほかを拒否する自由だってあるはずだ。外国人として認識されることをわたし自身が受け容れれば、そのたびに傷つくこともない。そんなふうにわたしは、新たな心の均衡を見出そうとしていた。江田島から帰ってきてからの数か月、いや少なくとも二年のあいだは、そのための努力に精神的なエネルギーの大半が吸いとられた。

その一方で、おなじ時期、夫との関係に軋《きし》みが生じはじめていた。これらふたつの出来事のあいだに、なにかしら因果関係があったとは思わない。ただ、苦労して手に入れつつあった、自分自身を客観的に見つめるという習慣によって、わたしはひどく悲しい事実を認めないわけにはいかなくなった。これまで何年ものあいだ、趣味や関心や考えを分かち合うなかで、互いに補完関係にあったはずの夫婦の結びつきが、いつの間にか慣れ合いへと姿を変え、最終的には、どちらも我慢し合っているだけの関係となっていたのだ。それは、わたしにはどうしても受け容れることのできない事実だった。

一九八五年、わたしは教えていた大学の近くに小さな一軒家を借りて、そこでひとり暮らしをはじめた。その後、夫とは別れ、江田島に行く機会もなくなった。

不思議なことに、ほかでもなく夫と離婚する少し前の時期、わたしはしばしばゆり子のことを考えた。彼女だったらなんと言うだろうか。一世一代の恋を鮮やかな記憶とともに胸にしまいつづけてきた彼女は、わたしの決断を非難するだろうか。もし彼女に離婚の理由を話したら、わたしの気持ちを理解してくれるだろうか……。きっとわかってくれるはずだ、と思った。わたしと彼女はまったく異なる選択をしたけれど、理想とする夫婦愛を大切にし、自らの結婚の思い出に忠実でありつづけたゆり子ならば、わたしが夫との婚姻生活に終止符を打つことを選んだ理由もわかってくれるにちがいなかった。

一九九三年、わたしは最終的に日本を離れ、イタリアに帰国することにした。ゆり子はまだ存命だったけれども、あまり体調はすぐれなかったようだ。何年ものあいだ苦しめられてきた白血病の症状が悪化して、彼女の身体をむしばんでいるのだと、別れの挨拶をするために眞砂子を訪ねたとき聞かされた。わたしは夫と別れたあとも、眞砂子とは親しい関係を保っていた。

訃報がイタリアにもたらされたのは、一九九五年の春のことだ。眞砂子からの手紙に、ゆり子が広島の原爆病院で亡くなったと書かれていた。前年の十月に心筋梗塞で夫に先立たれたばかりだった眞砂子にとって、そんなに短いあいだに妹まで失った哀しみは耐えがたいものだったろう。

七十三年の生涯のうち、じつに五十年ものあいだ、ゆり子は病と向き合いつづけていたのだ。彼女の遺灰は、江田島を訪れたときにわたしも墓参りに行った小ぢんまりとした墓地にある一族の墓に埋葬され、位牌と遺影は新樹の家の仏壇に安置された。三人きょうだいのなかでいちばん下の妹が、誰よりも先に旅立ってしまった。

その年の秋、わたしは久しぶりに大阪を訪れると真っ先に眞砂子に会いにいった。そのころにはもう眞砂子は、夫と一緒に日本に移り住んだわたしを迎えてくれた「木と紙」でできた家にはおらず、洒落た住宅街に建つモダンな一軒家で、長男一家とともに暮らしていた。いちど江田島に帰って、ゆり子が生涯暮らした古い家をなんとかしないといけないのだけれど、なかなか時間がとれなくて……と眞砂子はこぼした。家を売りに出す前に、弟と一緒に家の整理をして、家具や小物のうち、とっておくべきものを選び、残りはそっくり古物商に持っていってもらわなければならない。すべてを片づけるには、少なくとも一週間はかかるだろう、と。

「残念ですね。あの素敵な家を手放すなんて……」

「あちこち崩れかかっているから、どのみち建てなおさなければならないのよ。でも、誰があんな家に住むというの？　姪や甥たちには興味がないし、借り手だってつきやしない。若い人はみんな都会へ出てしまうから、江田島のような島々では、人口がどんどん減るばかり。とにかく、片づけにはわたしが行かないと。人に任せでもしたら、妹に恨まれてしまうもの」

一九九九年九月、四年ぶりに再会した眞砂子は、めっきり弱っていた。大腿骨を骨折したせいで歩行が難しくなり、家を訪問してくれる理学療法士について、毎日一時間、リハビリ訓練をしていた。表情こそ相変わらず生き生きとして、声も若々しかったけれども、思うように動くことはできず、杖に頼り、庭におりるのもやっとだった。

前回訪れたときとおなじように、わたしはまず仏壇の前に座って線香を供え、義父の遺影に手を合わせてから、居間へ行った。眞砂子は、昼食に寿司の出前を頼んでいて、取り皿や醤油の皿、お箸などをならべたテーブルの前でわたしを待っていた。そのにこやかな微笑みから、わたしと再会し、しばらくの時間をともに過ごすことを心から喜んでいるのが伝わってきて、胸が熱くなった。

お寿司を食べながら、わたしは、イタリアでの生活や仕事についてひとしきり語った。日本文学の翻訳の仕事が順調に進んでいることを話すと、眞砂子は我がことのように喜んでくれた。わたしはそのとき、いずれも日本を代表する作家の小説を三冊イタリア語に訳していて、まもなく四冊目も終えるところだった。

「あなたも日本についてなにか書いたらいいのに。自分自身のことを」眞砂子は言った。

「そうですね。考えてみます」わたしは笑って受け流したけれど、まったく心になかったわけではない。じつはそのしばらく前から、企画を温めていた。

話をしながら皿に盛られていた寿司を食べ尽くしてしまうと——そのうちの三分の二はわたしの胃に収まった——、わたしはわずかばかりの食器を台所で洗ってから、居間にもどって眞砂子の向かいに座った。そのあいだに眞砂子は、お茶を淹れていた。わたしが渋いのは苦手なことを知っているので、ごく薄いお茶だった。話題はやがて義父のことや、わたしが日本で暮らしていたころのことになった。眞砂子がふと、次男に連れられてヨーロッパからやってきたわたしが、彼女の家で何か月かお世話になったときに、台所で交わした会話を思い出した。その当時、わたしの語彙《ごい》は限られたものだった。日本語は新婚旅行のときに買ったテキストを使って独学した程度だったのだ。だから、コミュニケーションが成り立っていたとしたら、ひとえに眞砂子が並外れた忍耐力と理解力を発揮し、わたしに、ここが自分の家だと、家族に囲まれているのだと感じさせようとしてくれたお蔭だった。

そうしてわたしたちは、何年も前に一緒に江田島を訪れたときのことを追想し、自然の成り行きとして、ゆり子の話となった。

「あれから、ゆり子叔母さんの家を片づけに行ったのですか?」わたしは以前から気になっていたことを訊いてみた。

「ええ。この前あなたと会ったときから、半年ほど後にね」と、眞砂子は答えた。

「大変だったでしょう」

「ええ、思っていたとおり大仕事だった。でも、姪の娘たちが手伝ってくれてね。憶えてるかしら? たしか、あなたが会ったときは、まだ小さな子どもだったわよね。両親に連れられて、お昼ごはんを食べにきてたでしょ?」

「ええ、よく憶えています。いくつになりましたか?」

「いくつだったかな……。上の映美《えみ》は二十歳で、妹の牧子《まきこ》はたしか十八だったと思うわ。映美はいま、広島大学で医学を勉強しているの。小児科医を目指しているそうよ。牧子は高校三年」

「誠くんはなにをしているのですか?」

「誠は、この春から社会人。東京の会社で働いてるわ」

「東京で仕事を? なんだか大変そうですね」

「とんでもない。あの子は嬉しそうよ。大学卒業後、島にもどって、父親とおなじようにみかんを作るのだけは嫌だって、ずっと言ってたんですもの」

「お祖父《じい》さんはなんと言ってるんですか？　あまりいい気持ちはしないのでは？」

「あら、新樹の言うことなんて、このごろはもう誰も耳を貸さないわよ。奥さんでさえもね」眞砂子は笑いながら言った。「子どもたちからも孫たちからも、口やかましいおじいさん扱いされているわ。まあ、事実そうなのだけど」

気難しい人物の末路なのかもしれないと、わたしは胸の内で考えていた。年をとると、誰からも恐れられず、やがて疎《うと》まれるようになる。一方、心根の優しい眞砂子は、いくつになってもみんなから慕われていた。

「弟のところへ夕飯を食べにいった日のこと、憶えてる？」眞砂子が尋ねた。

「もちろん。忘れるわけがありません。あれほどおいしい魚料理は、後にも先にも食べたことがありません」

わたしたちはそのまま、しばらく黙りこくっていた。おそらく互いに異なった感情とともに、あの遠い日の出来事を記憶のなかでたどりながら。最初のうちは、親戚の前でなにか失態をやらかしてはいけないと不安でたまらなかったこと、叔父の新樹がわたしに対する不信感をあらわにしたので緊張したこと、わたしのなかで自尊心が頭をもたげ、思わずむっとして言い返したこと、そこへ、ほかの人たちがすかさず介入してくれて、わたしに気まずい思いをさせないように気を配ってくれたこと……。

「あのころの新樹は、とっても居丈高だったから」そのとき、まるで心の内を見透かしたかのように眞砂子が言った。眞砂子はいつだって、そんな不思議な力を持っていた。

「けれど、ゆり子叔母さんは、叔父さんに対しても怯まずにものを言っていましたね」わたしはそう指摘した。

「そうね。ゆり子は、相手が誰だろうと怖じ気づいたりしない子だったから」

それはわたしもよく知っていた。ゆり子は芯の強い人だった。わたしは心のなかでそう思っていた。少なくともあのころは、わたしよりもはるかに強かった。慎み深い物腰の下に、揺らぐことのない意志が隠されていた。ゆり子は、他人の同意を求めることがなかった。誰に認めてもらう必要もなかったのだ。

眞砂子は戸惑ったようすで、また黙り込んでしまった。わたしは、あえてなにも尋ねなかった。彼女から話の続きを聞き出したかったら、それが最善の方策だとわかっていたからだ。

案の定、しばらくの間をおいて、義母はふたたび話し出した。

「ゆり子の家の片づけにいったことを手紙で知らせなかったのは、こんど会うときに直接話そうと思っていたからなの」

「どういうことですか？　なにか問題でもあったのでしょうか」

「いいえ、べつに問題というわけじゃないわ。ただ、いろいろと見つかって……」

「ゆり子叔母さんの遺品ですか？」

「ええ、そうなの。あの子が……」眞砂子はまたしても口をつぐんだ。その先をどのように続けたらいいかわからないらしかった。それでも、またしゃべりはじめた。「なんて話せばいいのかわからなくて。とても手紙では伝えられないと思ったの」

「じゃあ、いまここで聞かせてください。時間ならたっぷりありますから」

眞砂子はゆっくりとうなずいた。


亡くなるひと月前に入院したとき、ゆり子はまた退院して帰宅できるものと信じていたようだ。さもなければ、大切にしていた品々を引き出しに入れたままにしておくはずがない。おそらくその後も、自分の病状がいかに深刻かわかっていなかったのだろう。眞砂子はずっとそばにいたのだし、遺品となるものの整理を頼む機会はいくらでもあったのだから。そのままゆり子は昏睡状態に陥り、いまあるものも過去にあったものも、すべて闇に呑み込まれてしまった。

重い腰を上げて妹の家を片づけるため江田島へもどった眞砂子は、ゆり子の部屋に足を踏み入れたとたん、時計の針が巻きもどったような感覚に陥った。子どものころにもらったプレゼント、長い年月のあいだに眞砂子が書き送った手紙、少女時代につけていた日記まで、ゆり子はすべて捨てずにとっていたのだ。日記のページをめくると、ゆり子の学友の名前やら、遠足の行程やら、祭りの日付やらが目に飛び込んできたが、読む気持ちにはなれなかった。日記が入っていた引き出しには、百ページほどの厚さの革装の本もあった。与謝野晶子の歌集で、扉には美しい筆文字で献辞が書かれていた。

〝ゆり子さんへ。自分の言葉で伝えることがまだ許されない私の深い思いを、どうかこの本から読みとってください〟

日付を見た眞砂子は、嘉昭がこの本をゆり子に贈ったのが、ふたりの知り合ったわずか一週間後であることに気づき、それまで堪えてきた涙がとめどなくあふれ出た。

小さな本棚には、ほかにもたくさん本がならんでいた。日本の小説、海外の小説、詩集、随筆……。そのどれにも、女学生時代の友人が書き込んだ文字以外には、メッセージのようなものは見当たらなかった。大半は近所の書店で購入した文庫本だった。簞笥には、ゆり子が捨てられずにいた古ぼけた衣類がぎっしりしまわれていた。そのなかに一枚のスカートがあった。全体が黒ずんでいたものの、折り畳まれたプリーツの内側に、布地の色が見てとれた。空色だ。眞砂子の胸はぎゅっと締めつけられた。これは、ゆり子が嘉昭とお見合いした、あの日に着ていたスカートじゃないの。眞砂子はスカートをひろげて、手でさすった。こんなにぼろぼろになってしまって、あの子さぞかし悔しかったやろね。

引き出しの中身を順に出していくと、洗練された漆塗りの箱が出てきた。驚いたことに、なかには、最後の軍務で出航する際に嘉昭から贈られた時計が絹のハンカチに包まれて入っていた。眞砂子は、それをゆり子が首にかけているのを見たことがなかったので、てっきり嘉昭に返したものとばかり思っていた。裏の蓋を開けると、小さな紙片があったが、そこに記された文字はかすれて読みとれなかった。文箱にはさらに、もう少し大きなものが丁寧にくるまれて入っていた。中身は一通の手紙と何十通もの葉書で、すべて嘉昭からのものだった。驚いたのはその数だ。戦時中に受け取ったものにしては多すぎる。眞砂子が消印を改めると、いずれも離婚後に、京都で投函されていた。年賀状ばかり、一九四七年の一月から一九九〇年まで、じつに四十四年分もある。そのすべてに〝今年もお元気でいらっしゃいますように。消えぬ思慕を抱きて。嘉昭〟と書かれていた。一方、手紙は一九九〇年三月の消印になっていた。

この長い年月のあいだずっと、ふたりに文のやりとりがあったということだ。離婚後、嘉昭は、眞砂子が思っていた東京ではなく、京都に住んでいたのか。そういえば、家族は京都の出だと言っていた。おそらく敗戦後、首都にいるよりも、地元に帰れば、せめてまだ少しは名家の誉れも高いし、占領軍の目も届かないと父親が判断したのだろう。

山ほどの葉書を前に、眞砂子は心を激しく揺り動かされた。四十四年ものあいだ、嘉昭はゆり子に年賀状を送りつづけていた。ゆり子は返事を書いていたのだろうか。それとも無視していたのだろうか。それはまるで、毎年決まって届く、裏切られた愛情に対する忠誠の証しのように眞砂子には思われ、湧きあがる怒りに震えた。ゆり子のことが忘れられなかったのなら、なんで別れたの。生涯の契りを結んだあの子を、どうして捨てたりしたの。

その答えは手紙のなかにあった。眞砂子は、妹が誰にも見せずに隠し持っていたその手紙を、読んでいいものか迷いに迷ったあげく、読むことにしたのだった。さらにつらい真実を知ってしまうのではないかとおののきながら。

眞砂子の話に、わたしは呆然としていた。

「年賀状は繻子《しゅす》のリボンで結んで、手紙と一緒に絹のハンカチに包んであったの。ハンカチの上から、さらに別のリボンが結ばれていた。そして、とてもきれいな箱のなかに大切にしまわれていたのよ。まるで宝物のようにね」

「手紙にはなにが書かれていたのですか？」

わたしの湯呑みが空になっているのを見て、眞砂子はお茶をもう一杯ついでくれた。

「とても長い手紙だった」急須をおいてから、眞砂子は続けた。「嘉昭さんは、亡くなる直前にその手紙を認めたらしいわ。少なくとも、死期が迫っていることを知ってから書かれた手紙だった」

「ということは、彼は亡くなったのですね？」

「ええ。たぶん一九九〇年にね。その手紙を最後に、ゆり子のところに郵便物は届いていないの」

わたしはうなずいた。

「何年か前に妻が亡くなって、ホスピスに入っていると書いてあった」

「つまり、再婚したのですね。もしかして、子どももいたのですか」わたしの胸の内に憤りがこみあげてきた。「彼は新たな人生を謳歌したわけですね」

「それは予想できたことよ。おそらくゆり子も覚悟してたんじゃないかしら。そうなることは明らかだった。彼は両親の決めた相手と結婚したのでしょうね。当時にしてみれば、当たり前のことだったわけだし」

「たとえ両親が決めた結婚だとしても、新しい人生を謳歌したことに変わりないですよね」わたしの憤りは増すばかりだった。

すると、眞砂子がわたしの目をまっすぐに見つめた。

「だけど、彼の人生も幸せなものではなかったのよ。ある意味、ゆり子よりも嘉昭さんのほうが苦しんだんじゃないかしら。少なくともゆり子は、意に反する結婚を強いられることはなかったわけだから……」

それにしても、なんと理不尽な話なのだろう。

眞砂子は、一緒に自分の部屋へ来るようにとわたしに言った。最初に立ち寄った、仏壇のある部屋だ。そして、薄暗い部屋の片隅におかれている古い整理簞笥に歩み寄った。天板の上に、江田島を訪れたとき、ゆり子の部屋で見た二枚の写真が飾られていた。さっき線香を供えたときには気づかなかった。

「これが嘉昭さんよ」大きいほうの写真を手にとってわたしに見せながら、眞砂子が言った。「その隣にいるのがゆり子。面影があるからわかるでしょ?」寂しげな声音で眞砂子が言った。

「はい、わかります」何年も前に初めてその写真を見たときとおなじように、若いカップルの眼差しに心を奪われた。周囲の世界で吹き荒れている嵐から、ふたりだけが隔絶されているかのような、そんな喜びに輝いているように見えた。

「これは結婚式の日に撮った写真よ」そう言いながら、眞砂子は手のひらで写真立てのガラスを繰り返しなでた。「こっちの写真には、わたしと夫も写ってるわ」いくらか明るい口調で言いながら、眞砂子は最初の写真をおき、もう一枚を手にとった。嘉昭がゆり子のほうを向いている写真だ。「二度目の帰休でもどっていた新樹が撮ってくれたの。実家の庭でね。あなたも来たことのある、あの家よ。うちは下の息子が生まれたばかりで、嘉昭さんとゆり子は、おそらく結婚して一か月くらいね」

「ゆり子叔母さん、この髪型、似合ってますよね」

眞砂子は微笑んだ。

「ええ、とっても。でも嘉昭さんは、長い髪のほうが好きだったみたい。古風な好みの人でね、正絹の着物に、昔ながらのヘアスタイルが好きだったの」

それから、ため息をついて言い添えた。「人生というのは、引き裂かれるようにつらい別れや断絶の連続よね。でも、別れがつらいのは、それだけ多くのものを受け取ったからかもしれない。そのことは忘れないようにしないとね。大切な人がいなくなった寂しさは、いつまで経っても埋まらないけれど……」

眞砂子は畳に膝をつくと、引き出しを開けて漆塗りの文箱を取り出した。それは、ゆり子が結婚祝いにわたしにくれた文箱によく似ていた。

わたしは無言で眞砂子の隣に座った。すると彼女は慎重に箱の蓋を開けて、なかに入っていた紫色の絹地の包みをそっと手にとった。開けてみると、そこには少々黄ばんだ厚ぼったい封筒があった。

「これよ」両手で恭《うやうや》しく封筒を掲げながら、眞砂子は小さな声で言った。そして、文字がびっしり詰まった数枚の便箋を取り出すと、あたかも、その手紙を認めた男性と、それを受け取った妹に、読ませてもらいますねと許可を求めるかのように、黙礼した。

藤村ゆり子様

冬も終わりに近づき、公園の木々には蕾《つぼみ》もつき始めました。私の部屋の窓からその様子が見えるのですが、この様に無味乾燥なところにおりますと、季節の移ろいも、壁の絵を掛け替えるが如く、単にガラスの向こう側の色が変わる程度の事となってしまい、春が来たといって、とりたてて心が華やぐ事は有りません。

貴女《あなた》が今この手紙を読んでいるのなら、貴女には年賀状しか書かない、その返事さえ貰《もら》えれば、貴女に決して連絡を取らないと大昔に誓った約束を、自ら破ってしまった私を許してくれたという事ですね。そうでなければ、貴女はこの私の手紙を封も開けずに捨てている筈です。約束をしたあの日、私は絶望の中に有りながらも、貴女との繋がりを、たとえほんの僅かでも持ち続けられる事に幸せを感じていました。ただ、未だ貴女に忘れられている訳ではないと次の賀状まで十二か月も確認できない事が、いかに辛いかまでは想像していませんでした。それでも、年に一度貴女がくれる返信がなければ、私は生きる力を保てたかどうかも分かりません。貴女の寛容な心に感謝しています。

当時の、私達が別れるまでの日々を思い返すにつけ、両親に逆らう事になってでも、理不尽な要求を撥《は》ね除けるという正しい選択が出来なくなった、あの異常な精神状態はいったい何だったのかと自問せずにはいられません。両親と話し合おうとした事が私のそもそもの過ちでした。彼らを説得しようなどと考えなければ良かったのです。二月の初め、最初に江田島を出たとき、私は両親の考えを変える事が出来ると信じていました。でも、どうにもなりませんでした。どれだけ懇願しても、貴女と心中すると脅しても無駄でした。勿論、心中しようと貴女に言った事はなかったし、考えた事も有りませんでした。己の弱さの代償を貴女に払わせるなんて、私はそこまで愚かではなかった。今思えば、妻とは断固別れないと言えば、それで良かったのです。何故その力が無かったのか。私は何を恐れていたのか。貴女と別れて生きる未来、貴女のいない人生以上に、恐れるものなど無かった筈です。貴女と交わした約束より、息子としての忠義を立てる事が大切だなんて、たとえ貴女の期待を裏切る事になったとしても、父や母に反抗するよりはましだなんて、いったいどうして思い込んでいたのでしょう。当時の私を責め苛み、惑わせていたものすべてが、今になってみれば心底くだらないものだったと思います。

卑劣にも、私は決断を貴女に委ねました。そんな残酷な板挟みに貴女を追い込む事自体が、同じく卑劣な両親の要求を突っぱねられない己の無力さを認めるも同然の行為だったというのに。何よりも貴女を一番に考える勇気のない私という男に貴女は落胆し、当然の事として離婚を選択しました。貴女がもし逆の決断をしていたら私はどうしたでしょうか。別れないと貴女に言って欲しかったのでしょうか。今となっては分かりません。恐らくは、それを望んでいたと同時に恐れてもいたのです。そんな私の優柔不断は、二人の愛だけでなく、貴女自身をも侮辱するものでした。私は強い男になれなかった。時代も時代でしたが、長い物に巻かれずに生きるには、遥かに強い気概が必要でした。

その後も、私は親のいうがままに生きました。父の勧める会社に入り、母が選んだ女性と結婚したのです。親の意向に屈するのはどうだとか、そんな事はもうどうでもよくなっていました。すべてを諦めてしまった私は、何に対しても幸せを感じる事が出来なかったのです。四十年間、私は淡々と仕事をしました。与えられた課題をきちんとこなす、只《ただ》それだけです。結果的に、親が期待したような出世は出来ませんでした。出世なんてしたくも有りませんでした。打ち込めるものも何一つ無かった。私が俳句をやっていた事は憶えていますか。それも、あれ以来一句も詠んでいません。貴女の事、二人の事を詠んでみたいとは思いましたが、その勇気もなく、そんな権利も無いように思いました。只、書物にだけは僅かばかりの慰めを見出しました。貴女と同じ本を読んでいるかも知れない、貴女も同じ本を好きかも知れない、そうすれば、この現実とは違うどこかで二人がまた繋がれるんだと、そんな甘い妄想をしたものです。人生の余白のようなところまで辿り着いた今も、良い書物は私にとって多少の慰めとなっています。

これまで、この心の重荷を人に話した事は有りませんでした。人は、痛みと共に生きる術を身に付ける事は出来ますが、肌のすぐ下の朧みが消える事はなく、服の色とか女性の髪型とか、ほんの些細なきっかけで、再び熱を持ち、息も出来なくなるものです。ですが、とどのつまり、愛しい人のいない寂しさの為に苦しみ続けるのは、本当の意味でその人から離れてしまわない為の手段《てだて》なのではないでしょうか。手元に残された貴女の写真を眺めては、この目と心で、貴女の息遣いを、貴女の温もりを何とか感じとろうとしました。貴女の存在を近くに感じようとしました。でも、貴女がどこかに隠れてしまって上手くいかない日も有り、少しも傍《そば》に感じられない時には、自分のせいだと呪いました。写真ものっぺらとなって、私を責めているようでした。

家内の事は（二度目に結婚した女性の事です。私の本当の妻はずっと貴女一人です）愛してはいませんでした。優しく繊細な人だったので、長く一緒に暮らす内に情は湧きましたが。そんな彼女も、八年前に脳梗塞で他界しました。私は善き夫ではなかったと思います。彼女には私達の事を一切話しませんでしたし、彼女の方も、私が離婚している事を知りながら、前の結婚について何も訊こうとはしませんでした。貴女から来る年賀状も、型通りの控えめなものでしたから、気にも留めていませんでした。或いは気にしない振りをしていただけなのかも知れません。初めから、私との結婚に対して心躍るような感情は抱いていなかったのだと思います。彼女は安定だけを求めていました。家庭を築き、子供を産み、育てる事だけを。それでも、彼女は私の事を愛してくれました。悲しい事です。結果的に私は、彼女の事も不幸にしたのですから。

子供は二人おります。息子が一人と娘が一人。子供たちに対しては、悪い父親ではなかったと思いたい。良い学校、何一つ不自由の無い暮らし、与えられるものはすべて与えましたが、やはり考えてしまいます。貴女との子だったら、もっと別の形で愛せていたのではないかと。私からこんな事を書くのは貴女を苦しめるだけの残酷な行為だと分かってはおりますが、正直に話そう、長い間心に秘めて来た事を洗い浚《ざら》い伝えようという覚悟で書いています。

孫も生まれました。五人いるのですが、皆本当に可愛いです。一番上は十二歳、一番下は五歳です。貴女を諦めた事によって私の中に生まれた毒は、もしかすると子供達には多少なりとも降り掛かってしまったかも知れません。でも、せめて孫達だけは、私達を襲ったあのような悲劇の犠牲になる事が、決して無いようにと祈るばかりです。

家内が他界した後、私は一人で暮らして来ました。振り返れば、貴女と離別してからというもの私は常に孤独でしたし、孤独こそが自分にもっともしっくりくる在り方でした。五年前に退職してからは、本を読んだり、庭いじりや家事をしたりして日々を過ごしました。週に一度、娘の家を訪ねては、孫達を公園に連れていきました。近所のお祖父《じい》ちゃん達とベンチに腰をかけ、孫達が遊ぶのを眺めたものです。二人とも本当に愛くるしい女の子で、私によく懐《なつ》いています。娘があまり勧めるもので、ゲートボールのクラブに入ってみましたが、殆ど行かずに数か月で辞めてしまいました。息子は東京に住んでいて、普段はほとんど会う事もないのですが、盆と正月に休みを取って家族と京都に帰って来る時は、一緒に何日か過ごしたものでした。

そうして去年、病気が見つかりました。胃癌です。手術をし、化学療法を受けました。退院して暫くは快方に向かっているように思いましたが、この前の検査で肺に転移が見つかりました。今は療養所におります（「療養所」とはいっても、病気が治ってここを出てゆく人はいないでしょう）。私の余命はあと数か月、いや数週間かも知れません。はっきり宣告された訳では有りませんが、自分で分かります。

こうして貴女に手紙を書いているのは、一つお願いが有っての事なのです。どうか拒まないでください。堪えがたい道程《みちのり》でしたが、その果てまで辿り着いた今となっては、貴女と交わした約束を反古《ほご》にしたところで、もはや報いも無いでしょう。共に過ごしたあの遠い日々を思うと、私達は何と強く心を通わせていた事でしょう。休みが明けて呉へと戻る日は貴女と離れ難く、貴女の手を放すのにどれだけ後ろ髪を引かれた事か。憶えていますか。貴女は、戦前にお兄さんお姉さんやお友だちと広島の町に出かけた時の事を話してくれるのが好きでしたね。平和の世が戻ったら、今度は私が貴女を広島へ連れて行くのだと、巡洋艦の上でどれだけ夢に見た事か。貴女と映画館や劇場に行き、繁華街を散歩する事を、幾度となく想像しては胸を焦がしました。不謹慎と言われかねない想像でしたが、あの船でそんな事を考えていたのは私だけではなかった筈です。それなのに、いざ平和になった時には、すべてが遅かった。一緒に乗っていたほぼ全員が死にました。広島は跡形も無くなっていました。そして私達二人は、再び別れる為だけに再会を果たしたようなものでした。

軍務を解かれ、意志に反して東京に戻る事になりましたが、両親から貴女との離婚を命じられ、私は愕然としました。貴女から奇形の子が生まれるかも知れないからだと言われた時は、何を馬鹿なと思いました。そのような苦難を親から強いられる事になろうとは思ってもみなかったのです。ところが、やがて放射能汚染の噂が立ち、赤ん坊は病気を持って生まれて来ると囁《ささや》かれるようになりました。両親は、私の健康が損なわれると言い張り、貴女のところへ行くのも嫌がりました。汚染された地域に入ってはいけないと言いました。その地域とは、いったいどこから先の事なのか。両親だって分かってなどいなかったのです。警戒して怖がる人の心が壁となっていただけで、ここからだと言える境界線なんて無かった。それでも、江田島はあまりに広島に近かったので、両親は何としても私を行かせまいとしました。最初のときも二度目も。行く必要はない、すべて手紙で済ませろと言いました。でも、それだけは私も譲らなかった。その辺りは貴女もよくご存じの話ですね。

貴女にとんでもない利己主義者だと思われようとも、私は恥じることなく言いましょう。私もまた、放射能の犠牲者だと。放射能は私の人生を、私の心を、直接攻撃したかのように汚染したのです。いっその事、Ｂ29の空襲で二人一緒に死んだ方が良かったとさえ思う事が有ります。憶えていますか。私がフィリピンから戻って一緒にいた頃、よく夜明けに、空襲警報が鳴るより早くＢ29が飛んで来る音がしましたね。でも二人でひしと抱き合っていたら、何も怖くなかった。抱き合って共に死ぬんだと思うとちっとも恐怖を感じなかったし、それよりも更に悲しい事が幾らでも起こり得たからです。戦争中でしたし、間もなく私が別の任務で出征するだろうことも私たちは分かっていました。

二人の悲劇を歴史のせいにするのは、虫が良すぎる事だと分かっています。最初に書いた通り、私にもっと勇気が有りさえすればそれで良かったのです。ですが、幸せになる事は、強い人間だけに与えられた権利なのでしょうか。何故これ程までに耐え難い別れを私は強いられなければならなかったのでしょう。

私と違って、ゆり子、貴女は本当に強い心の持ち主です。貴女に決断を迫った夜の事は今でも私の脳裏から離れません。御両親の家のあの部屋で二人、涙が涸れるまで泣き、絶望の淵を何日も彷徨《さまよ》った挙句、貴女は泣きながら、心の誠に従って決めて下さいと私に言いました。それなのに、私はどうにも決心出来ず、貴女に永遠の愛を誓う一方で、愚かで卑怯な言葉を言ってしまいました。「君が決めてくれ」と。その時、貴女の表情が変わったのです。四十四年経った今でも、あの時の貴女の姿は鮮明に私の記憶に焼きついています。向かい合って畳に立っていた私達。貴女は少し後ずさりをして離れ、顔を背け、そのまま私を見ずに冷ややかに言ったのです。「御両親の言うとおりにして。別れましょう」と。私は気が動転しました。考え直してくれと貴女に懇願しましたが、貴女は頑として揺るぎませんでした。そして、私がこれまでに書き送った手紙を出して来て、全部返すと言いました。私は抜け殻のようになって貴女の手からそれを受け取りました。目の前の貴女の冷たさが信じられませんでした。辛うじて、年に一度だけ賀状を送り合うという約束を、貴女の前に二度と姿を見せないという条件と引き換えに取り付けました。あの時、貴女の事を厳しい人だと思いましたが、今では、貴女の胸の内の幻滅や悲嘆が手に取るように分かります。あれから、ずっと悔恨の日が続いています。どうして貴女にあんな選択をさせてしまったのだ、どうして自分で正しい決断を、貴女が私に望んでいた筈の決断を、迷う事なく導き出せなかったのだと。戦闘の最中《さなか》、何度もすんでのところで死を免れ、傷も負わずに帰って来たのは、こんな虚しい軀《むくろ》になり下がる為だったのかと。

その後、貴女は江田島で仕事をし、暮らし続けたそうですね。これも約束に違《たが》うことで、申し訳なく思いますが、私はどうしても諦めきれず、知人を通じて時々貴女の近況を教えて貰っていました。貴女は縁談をすべて断り、再婚しなかったのですね。それについては、私は嬉しいような気持ちと、罪悪感とを同時に覚え、今でも複雑な思いになります。貴女が原爆症を発症した事も聞きました。勿論それでも、疑念と恐怖心から残酷な要求を迫った両親が正しかったとは思いません。

私の頼みが何なのか、もうお察しの事でしょう。最後にもう一度貴女に会いたいのです。この目で貴女を見て、貴女の声をもう一度聞きたいのです。それは私が生涯にわたって抱き続けた夢であり、ここ数年は、その夢が私を支えてくれました。

もしかすると、四十年以上も前に愛した男の顔が、見ても判らぬ程に変わっていたらと貴女は恐れるかも知れません。でも私は、貴女の顔に刻まれた歳月を見たら、傍で共に老いる事が出来なかった悲しさだけで胸が一杯になるでしょう。もしも貴女が寛大にもこの私の祈りを聞き届け、療養所まで会いに来て下さるなら、散歩道を一緒に少し歩く事も出来るかも知れません。ここは良いところで、気持ちの安らぐ庭も有ります。どうか私に、その程度の体力が残されていますように。これが、死にゆく男の愚かな妄想で終わりませんように。療養所は、京都駅からタクシーで二十分程の、交通の便の良い場所に有ります。住所は、この封筒に記した通りです。

この手紙では、私の悔恨の深さを十分に伝えきれてはいないと思いますが、貴女は持って生まれた感受性で私の気持ちをきっと汲んでくれることでしょう。最後の最後まで、こうして貴女の寛容な御心に縋《すが》ってしまう私をお許しください。

消えぬ思慕を抱きて

嘉昭

一九九〇年三月一八日　　京都にて

言うべき言葉を見つけることができずに、わたしたちは長いあいだ押し黙っていた。

やがて眞砂子が心を決めて、便箋を元どおり封筒に収めた。

「ほかのものはみんな、本も葉書もスカートも、庭で焚き火をして燃やしたわ。腕時計は、ゆり子を慕っていた姪の美登里に形見としてあげたけれど」眞砂子はぽつりぽつりと語りはじめた。「いずれわたしがいなくなったら、どうせ全部ゴミになるのだから。だったら、あの子の想い出の品々を、わたしの手できちんと葬ってあげるべきだと思ってね。それでも、手紙だけは燃やせなかった。あなたに読んで聞かせたかったの。手紙のことはこれまで誰にも話していないし、あなたにしか見せていない。弟にも話せなかった。火に油を注ぐだけな気がして……」

わたしは大きくうなずいた。

「今日、帰るときに、これを持っていってほしいの。わたしの身になにかあったとき、あなた以外の人の手に渡ってしまうのは嫌なのよ……」

「それで、ゆり子叔母さんは……結局、嘉昭さんに会うことを承諾したのですか？」喉に塊のようなものがこみあげる。

「会ったのかもしれないけれど、わたしにはなにも話してくれなかった」

四十四年の歳月を経て再会する、年老いたふたりの姿を想像してみた。お互いの瞳の奥に、かつて自分たちを結びつけていた輝きを探し求め、おそらくそれを見出したであろうふたりを。それは、ほとんど痛みすらともなう光景だった。

「でも、ひとつ思い当たることがあるの。ちょうど嘉昭さんが亡くなった年のことなんだけれど……」眞砂子は、いったん語りはじめたものの、すぐにまた口をつぐんでしまった。

「けれど?」わたしは続きをうながした。


一九九〇年四月半ばのこと、眞砂子を訪ねてゆり子が大阪にやってきた。眞砂子は、まさかそれがゆり子最後の来阪になろうとは露ほども思わなかった。

眞砂子は、新幹線の到着する新大阪駅までゆり子を迎えにいき、西口の改札付近で待っていた。長年、ふたりの決まった待ち合わせ場所だった。目を凝らして到着する人々の集団を眺めながら、眞砂子はフェリーと新幹線を乗り継いで四時間近くかかってしまうその旅が、妹の身体に大きな負担を強いるのではあるまいかと心配していた。それまでならば、ゆり子はいつも昼前に新大阪に着く新幹線に乗っていたが、その日にかぎって、なぜか午後五時二十分に到着するということだった。

ゆり子の姿がなかなか現れないので不安になった眞砂子は、時計を見た。五時三十五分だ。ホームから改札口まで移動するのにかかる時間を差し引いたとしても、遅すぎる。新幹線に乗り遅れたのだろうか。いいや、そんなはずはない。もしそうだとしたら、連絡を寄越したはずだ……。家で待つ夫に電話をして、ゆり子から連絡がなかったか確かめなければと考えはじめたころ、ようやくお気に入りの藤色の着物に身を包んだゆり子の姿が見えた。どこか遠出をするとき、ゆり子はよくその着物を着ていた。

「遅かったわね。どうしたの?」妹の持っていた旅行鞄を受け取りながら、眞砂子が尋ねた。「なにかあったの?」

「いいえ、べつになにもないわ。ちょっとトイレに寄ってとっただけ」

家に着くと、ゆり子は持ってきたわずかな荷物を客間に片づけてから、台所で夕飯の支度をしていた眞砂子のもとへきた。

「うちにもなんかお手伝いさせてちょうだい」

「いいえ、気にしないで。疲れたでしょ」眞砂子は答えた。

「ええ、少し」ゆり子はうなずくと、台所のテーブルに腰をおろした。ところが、言葉とは裏腹にふだんほど旅の疲れを感じていないらしく、ぐったりした風ではなかった。

「どのみち、もう準備はできてるの」眞砂子は朗らかに言い添えた。ゆり子の体調がよさそうなのが嬉しかったのだ。「あとはお豆腐を切るだけ」

「なんでわざわざ向こうの部屋に支度をしたん？　こっちでよかったのに……」

「せめて着いた日の夜ぐらい、再会のお祝いをさせてよ。いつもそうしよるでしょ？」

ゆり子は微笑みを浮かべ、「再会のお祝い……」と、小さく繰り返した。


それから二時間ほどのち、ふたりで一緒に食卓の後片づけをして、お皿を洗いながら、眞砂子はちらちらと探るような視線をゆり子に投げていた。食事のあいだ、ゆり子はあまりしゃべらなかったが、それ自体はとりたてて不思議でもなかった。ゆり子はいつでもどこか上の空のところがあって、いまさら気になるものでもなかったのだ。けれども、その晩、彼女の眼差しは穏やかな光を帯び、顔にはいつになく晴れ晴れとした表情が浮かんでいた。

「おなかいっぱいになった?」

「ええ、少し食べすぎたかも。お料理、とてもおいしかった」

「本当かしら。わたしを喜ばせるために、お世辞を言いよるんじゃなくて?」

「そんなことないわいね。まったく、なにを言い出すの」ゆり子はそう言って笑った。

「お姉さんにお世辞なんて言う必要ないでしょ。このお茶碗はどこへしもうたらええ?

何回訊いても憶えられん」

「食器棚の右の下のほうの段」

ゆり子は軽くかがんで、手に持っていたお茶碗をしまった。一連の動作は、いつもよりきびきびしているようだった。

「そこのお皿もこっちに貸して」

「お願い、あんたはもうええから、座って休んどいてちょうだい。あとはわたしがやるから」

「お姉さんひとりに片づけさせるわけにはいかんよ。おいしいすき焼きをご馳走になったお蔭で、すっかり元気が回復したんじゃもの。嘘じゃのうてよ」

お皿を食器棚に収めると、ゆり子はテーブルに座った。

「じつはね……」となにか言いかける。

「なあに？」手を拭きながらそう返した眞砂子は、妹の声色からかすかな緊張を感じとり、振り返って顔を見た。

ところが、ゆり子はその先を続けようとはしない。

「どうしたん？　話しんさいや」眞砂子がうながした。

「ううん、なんでもない」

「なんでもないってどういうこと？　なにか言いかけてたでしょ」

「いいの。ちょっと思いついたことがあったんじゃけど、よう考えたら、たいしたことじゃないけん」

「……たいしたことじゃない？」

「勘違いしとったんよ。お姉さんにひとつ料理を教えてもらいたかったんじゃけれど、そういや前にもう教わっとったのを思い出したの」

眞砂子は、訝《いぶか》るような視線をゆり子に向けた。明らかに話をごまかそうとしている。眞砂子は追及しなかった。たとえ問い詰めたとしても、ゆり子は態度を変えないだろうと思ったからだ。もし本当になにか話したいのなら、そのうちに話してくれるだろう。

ところが、そのとき頭のなかを占めていたであろう思いについて、ゆり子はとうとう語らずじまいだった。それから数日のあいだ、ゆり子はまるで謎の源泉から新たなエネルギーを吸いあげているかのように、絶えず溌剌としていた。それはしかし、ゆり子に生気をもたらす一方で、どこか別の世界へといざなっているようにも感じられた。それでなくても、じゅうぶん浮き世離れしているというのに。

ゆり子を新大阪の駅まで送っていった眞砂子は、家に着いたらしっかり身体を休めるように、そして今晩のうちに電話を寄越すようにと念を押した。

「心配せんといて。言われたとおりにするけん」過剰なまでの気遣いを見せる姉に驚きながらも、ゆり子は答えた。

新幹線を見送って家にもどった眞砂子は、二階の、ゆり子が泊まっていた部屋を片づけはじめた。シーツをはがして洗濯機に放り込み、布団は出窓に干した。それから屑かごを空にしようと、手に持った。レシートや紙袋が何枚か捨ててあった。お店でよく物を入れるのに使われる袋だ。まだ使えるのに捨ててしまうのはもったいないと思った眞砂子は、屑かごから拾い出して丁寧に折りたたんだ。そのとき、袋に印刷された文字が目についた。京都の有名な書店の名前と住所だ。ゆり子はここへ行ったのだろうか。あの子が京都へ？いつ？

おそらくその紙袋は、たまたま誰かからもらって、なにかの役に立つかもしれないととっておいたものなのだろう。眞砂子はそう結論づけた。あの子はわたしに似て、使えそうなものはなんでもとっておく癖があるから……。それは、困難な時代を生き抜いた経験のある者に共通する習い性でもあった。

眞砂子の家をあとにしたとき、鞄のなかには嘉昭の手紙が入っていた。わたしは、自分がたいそう貴重な秘密の守り人のような気がしていた。イタリアに帰り着くと、真っ先に、大切な思い出の品を保管している箱にそっとしまった。そして、それきり手紙のことは考えなかった。ときおり箱からなにかを取り出そうとするたびに、その手紙を手にとり、いつかもう一度きちんと読まなければと思いながらも、そのたびに先延ばしにした。

それから何年かして眞砂子の訃報が届いたとき、わたしはようやくその手紙と向き合う決心をした。一連の出来事の中心人物も証人もみんないなくなったいま、わたしの家に手紙をしまったままにしておくべきではないし、率直に言うと、あまり縁起がいいようにも思えなかったのだ。なんらかの形で、環《わ》を閉じてあげなければと思った。手紙が認められた土地に持ち帰り、燃やしてあげようと考えた。もしかするとそれは、ある意味で厄払いのような行為かもしれないけれども、眞砂子も言っていたとおり、その遺品にふさわしい、尊厳のある最後を迎えさせてあげたかった。

それからしばらくして、わたしは手紙を携えて日本を訪れた。飛行機のなかで何度も繰り返し読んだ。何枚にもわたる文章ではあったけれども、内容を鮮明に憶えていたので――耳の奥にはまだ眞砂子の読みあげる声が残っていた――、嘉昭の筆跡による漢字も、どうにか読み解くことができた。便箋をふたたび封筒に収めるころには、文面をほぼ丸暗記していた。

大阪に到着すると、眞砂子の墓に足を運んだ。大阪の北外れに位置する丘の中腹の霊園で、眞砂子の遺灰は夫の隣に仲良く納められていた。わたしは線香に火を点すと、御影石の墓碑の手前にある拝石にひざまずいて、鞄のなかから手紙を取り出した。そして、ライターで封筒の角に火を点けた。黄ばんだ便箋はたちまち炎に包まれ、めらめらと縮みながらあっという間に燃えあがった。それ以上は手で持っていられなかったので、線香立ての砂の上においた。ひとりの女性の物語が凝縮された手紙は、手にとることもかなわない灰の薄片だけを残して、一瞬にして燃えつきた。その灰も、さわやかな風に舞いあがり、やがて空中に散った。

わたしは、胸の内で眞砂子に別れの言葉を伝え、墓碑の前の花立てに用意してきた花を供えた。そして、実の娘のようにわたしを受け容れてくれた夫婦の墓前で静かに頭を垂れ、墓地をあとにした。

イタリアに帰る前に、大阪から空路で、福岡に住む友人を訪ねた。行きの飛行機では雲が垂れ込めていてなにも見えなかったけれど、帰りの機内からは、眼下にひろがる広島湾がくっきりと見えた。太田川のデルタ地帯を中心にひろがる市街地や、紺青色の瀬戸内海に浮かぶ緑あざやかな島々。呉港から、倉橋島を経由して江田島を結ぶ、一九七〇年代に架けられた二本の橋……。空の明るい薄靄《うすもや》のなかに地上が遠く消えてなくなるまで、わたしは長いことその景色に見入っていた。

付記

語られるにふさわしい時を待つかのように、心の内で眠る物語というものがある。何十年もの歳月を経て、そうした物語がふたたび今日的な意義を持ち、由々しい実感をともなってよみがえるきっかけを待っていたかのように。もはや過去に属する物語だと思っていたにもかかわらず、信じがたいことに、当時とおなじような状況がふたたびめぐり、それが改めて重要な意味合いを帯びることになり、わたしたちは愕然とする。

本書に記したように、一九八二年、わたしは数日間にわたって江田島を訪れた。四月終わりの心地よい季節、勢いよく生い繁る若葉や秩序よく植えられた柑橘類の樹木に心が和み、思わず笑みがこぼれたものだ。三十七年前の一九四五年八月六日、そこから二十キロメートルも離れていない場所で原子爆弾が炸裂したとは、とうてい思えなかった。島には、広島の周辺に住むほかの大勢の人たちと同様、あのとき落とされた原爆によって、さまざまな意味で苦しみを抱えつづけている女性がいた。元夫の叔母に当たる人で、本書ではゆり子としている。以前に一度会ったことはあったものの、江田島を訪れた時点では、彼女の来し方についてほとんどなにも知らなかった。のちに義母が語ってくれた話から、彼女の人生の一端を垣間見ることができた。

二〇一一年三月、東日本大震災によって引き起こされた福島の大惨事の報を受け、わたしは、かつて手厚くもてなしてくれた、いまは亡きこの元親戚のことを思わずにはいられなかった。

ゆり子をはじめ、登場する人物の名前はすべて仮名である。なんらかのきっかけで本書を手に取り、家族や知り合いの姿を見つけるかもしれない方々のプライバシーに配慮してのことだ。同様の理由で、ところどころ地名を変えたり、シチュエーションを変更したりしている。情報および記憶の欠如を想像力で補った部分もあるが、日本の社会や文化に対する知見を頼りに、できるかぎり信憑性を損なわないよう、そして史実を尊重するように心掛けた。

わたしは日本とのあいだに強い結びつきがあるために（日本で十六年間暮らし、日本人と結婚したことがあり、いまでも親しい友が大勢いる）、福島を襲った悲惨な出来事に、ことさら胸が痛んだ。テレビで放映された津波のあとの光景に慄然とし、その直後に起こった福島第一原発事故による放射性物質の拡散のニュースに言葉を失った。不確かな情報ばかりで、確定的なことはなにもわからず、安心できる要素はひとつもなかった。それどころか、いまだに消えることのない不安の源となっている。けれども、なによりもわたしを当惑させたのは、原発事故のあと、放射線物質に汚染された地域から避難してきた方々をさらに苦しめるような差別的行為がみられたという記事だった。ほかの地域に移り住もうとする避難者が宿泊を拒否されたり、子どもたちが転校した先で悪口を言われたり、婚約を取り消されたり……。それは、終戦直後、広島や長崎の住民が、日本のほかの地域の人々から受けたのとおなじ不当な差別なのではあるまいか。数十年の歳月を経て、またしても日本人の結束が引き裂かれ、国土が「内」と「外」の二つに分けられる。何世紀にもわたって、日本と、海を隔てた世界との関係性を表すために用いられてきた「内」と「外」の概念が、いまは日本の内部で、汚染された地域とそうでない地域との境界を表すために用いられ、隔絶を生んでいる。

そんな歴史の痛ましい循環を目の当たりにして感じずにはいられなかった当惑から、元夫の叔母の身に起こった出来事を語りたい、いや、語らずにはいられないという思いが胸の内に芽生えた。

物語の舞台や時代背景を詳細に描写するために、わたしは、二〇一五年の春、じつに三十三年ぶりに、広島湾に浮かぶ、ゆり子の暮らした江田島を再訪した。島には変化が見られたが、大都市ほど極端なものではなかった。いまだに残る田園風景は目に心地よく、草木の緑のなかに小さな集落が点在している。海岸沿いののどかな風景を遮るのは、港に建ちならぶいくつかの構造物とホテルぐらいだ。

その際、一九八二年に訪れたとき知り合った人とは連絡をとらなかったし、広島に原爆が投下された際の直接の証人に会って話を聞くこともしなかった。ただ、一九四五年八月六日の朝に、対岸からむくむくと立ちのぼるキノコ雲を見たというご夫婦の息子のSさんを訪ねた。訪問の理由をあらかじめ伝えておいたこともあり、Sさんはフェリーの発着場まで迎えにきて、わたしのために午前中を割いてくださった。図書館で当時の写真や歴史的資料を見せてもらいながら、二時間ほどお話をうかがった。ご両親から伝え聞いた話の記憶と、個人的な関心から掘り下げてきた調査の成果から、Sさんは、戦争末期、そして終戦直後の江田島がどのような状況だったのか詳しく教えてくださった。ただし、ひとつだけ話を避けるような態度を示された話題があった。広島湾に浮かぶ島々の住民のなかには、被爆した方が大勢いるのでしょうかという問いに対して、よくわからないと答えられたのだ。戸惑いを隠せない表情で、「そのことについては、皆さん、あまり触れないようにしています。若い娘さんの結婚に差し障りがあるとよくないので、どうしても慎重にならざるを得ないのです」

それを聞いてわたしは、すでに七十年もの歳月が経過しているのだから、誰にも被害をおよぼすことはないだろうと考え、思い切って尋ねてみた。放射線を浴びたせいで、家庭を持つことをあきらめざるを得なくなった方をどなたかご存じないだろうかと。するとSさんは目を逸らし、口をつぐんだまま静かに頭を振った。わたしはその素振りを、頼むからそれ以上訊いてくれるなという無言の懇願と解釈した。

ゆり子の物語を通して、広島や長崎、そして福島、あるいはほかのどこかにいるであろう、二重の意味で被害に遭いながらなにも語らずにいる女性たちの声をすくいあげることができたなら望外の喜びだ。

謝辞

本書がこうして形になるまでには、多くの方々のお世話になりました。タイプで打った原稿に最初に目を通し、有意義な改善点を助言してくれただけでなく、誤字まで指摘してくれたドナテッラ・セガンニさん、この小説の草稿に大きな可能性を見出し、冗長な部分を省き、ふくらませるべきところはふくらませながら、持ち前の鋭い感性で編集に携わってくれたアンジェラ・ラステッリさん、この小説を信じて、力強く応援してくれたパオラ・ガッロさんとダリア・オッジェーロさん、江田島市と連絡をとり、江田島市文化財保護委員会に在籍されていた宇根川進さんにお話をうかがう段取りを整えてくださった湯浅周吾さんと柴田悦子さん、温かくお出迎えくださり、私の質問に注意深く耳を傾けて、正確かつ配慮をもって答えてくださった宇根川進さん、そして、日本に投下された原爆に関する貴重な資料文献をご提供くださったルーチョ・トリオーロさん。皆さんに心よりの感謝を表したいと存じます。

嘉昭の出征前にゆり子が読む歌は、*Diari di dame di corte nell'antico Giappone*（古代日本

における宮廷女性の日記), a cura di Giorgio Valensin, Einaudi, Torino, 1946 に収録された『和泉式部日記』より抄出しました。
広島と長崎に原爆を投下する必要がアメリカ合衆国にあったのかをめぐる議論は、数十年来、続いています。何千人ものアメリカ兵の犠牲を出さずに戦争を終結させるための唯一の手段だったという公式な見解は広く知られていますが、多くの権威ある歴史学者たちは、これに反対の意を唱えています。関心のある方は、次の論説書をぜひお読みください。

『天王山――沖縄戦と原子爆弾』(ジョージ・ファイファー著、小城正訳、早川書房、一九九五年)
『原爆投下決断の内幕――悲劇のヒロシマナガサキ』(ガー・アルペロビッツ著、鈴木俊彦訳、ほるぷ出版、一九九五年)
『暗闘――スターリン、トルーマンと日本降伏』(長谷川毅著、中央公論社、二〇〇六年)

体当たり攻撃を命じられた戦闘機のパイロットたちが家族に宛てて書いた手紙については、『学徒兵の精神誌――「与えられた死」と「生」の探求』(大貫恵美子著、岩波書店、二〇〇六年)に詳しく解説されています。

もうひとつ、真偽について日本兵の生存者のあいだで見解が分かれているのが、最後の海上戦にまつわるエピソードです。ほかの船舶の乗組員たちが、海に投げ出された戦艦《大和》の乗組員の救助活動にあたっているあいだ、アメリカの爆撃機のパイロットたちはいっさいの攻撃を中断したと語る人もいれば、その逆を証言する人もいます。この件については、NOVA番組編集者で *Sinking of Supership*（戦艦沈没）プロデューサーの Keiko Bang によるインタビュー、*Survivor Stories. Two Eyewitness Accounts of Yamato's Last Battle*（生存者の物語。大和最後の闘いのふたつの証言報告）を参照してください。

日本政府による降伏の提言が、一九四五年八月の数か月前に出されていたと書かれた文書は、アメリカ国務省に資料として保管されています。一九七〇年代にその存在が明らかにされ、現在ではインターネット上で閲覧することも可能です。

訳者あとがき

これはふたりの女性の物語だ。広島県の離島、江田島（かつてエリートの海軍士官を養成する場として誉れの高かった海軍兵学校があった）で生まれ育ち、戦争によって人生を翻弄されたゆり子と、内に秘められたゆり子の強さに魅せられ、長い歳月をかけて彼女の生涯を掘り起こした、ゆり子の甥の妻で、イタリア人の「わたし」。

日本人の夫とともに大阪に移り住んで間もない当時の「わたし」は、文化や習慣の違いに戸惑いつつも、日本の社会になんとか溶け込み、親族にも受け容れられようと努力していた。そんな折、親戚がゆり子に対して奇妙な気遣いをしているのを感じとり、彼女には誰も口にしたがらない過去があることに気づく。そして義母の話を手掛かりに、それが、広島に落とされた原子爆弾と関係があることをしだいに理解していく。

決して無理を強いることなく、辛抱強く、丁寧に過去を掘り起こしていく「わたし」に導かれ、読者も、このゆり子というひとりの女性がたどった人生を追体験していく。いつしか、遠い過去に生きていた見ず知らずのゆり子が私たちの心のなかに住み着き、理不尽な被爆の後も、すべてを受けとめ静かに生きていくその姿に、無関心ではいられなくなる。ゆり子の過去が徐々に解き明かされていく過程は、「わたし」が、夫の親族や日本社会との自分なりの距離や立ち位置を見出そうとする過程と重なり合う。そうして「わたし」は、周囲に流されることなく毅然と生きるゆり子に背中を押されるかのように、「わたし」というひとりの人間と、わたしを受け容れてくれる社会に根づいている慣習とのあいだで、より調和に満ちた関係性を築く努力をすべきだ」と思い至るのだ。

著者の付記にもあるとおり、この物語は、著者とその日本の親族の実際の体験にもとづいている。ゆり子自身は、秘密を胸に秘めたまま亡くなった。けれども、彼女の生きた証は、親族の話や遺された手紙を通して悲運を知った著者のなかで、じっと語られるべき時を待っていた。

＊

本書『最後の手紙』は、二〇一六年にイタリアの大手老舗出版社、エイナウディから刊行された、*Mia amata Yuriko*〔愛しいゆり子へ〕の全訳である。

著者のアントニエッタ・パストーレ（Antonietta Pastore）は、終戦の翌年、一九四六年にトリノに生まれる。スイスのジュネーブと、フランスのパリで学問を積んだ後、日本人と結婚、一九七七年から九三年までの十六年間を大阪で過ごし、大阪外国語大学や京都産業大学などでイタリア語を教えた。その後、離婚を機にイタリアへ帰国、ポー川がゆったりと流れるトリノの郊外で、日本文学の翻訳を精力的に手掛けるようになる。阿部公房の『箱男』を皮切りに、夏目漱石や川端康成、井上靖、中上健次、池澤夏樹、瀬戸内晴美、桐野夏生、川上弘美など、日本の近現代文学を代表する作家の作品を次々とイタリア語に翻訳している。とりわけ村上春樹の作品はこれまで実に十二タイトルも訳しており、イタリア内外で「ハルキの翻訳者」として知られる。その一方、住井すゑの『橋のない川』を自ら出版社に持ち込み、出版にこぎつけるなど、虐げられた者たちを描いた作品にも、強い思い入れを持ちつづけている。この三十年弱のあいだで、三十作品を超える日本の小説をイタリアの読者に届け、今や、吉本ばななの翻訳でイタリアにおける日本文学ブームを起こしたジョルジョ・アミトラーノとともに、イタリアにおける日本文学の受容を語るうえで欠かせない存在だ。そんな功績が日本でも認められ、二〇一七年には、村上春樹著『色彩を持たない多崎つくると、彼の巡礼の年』の翻訳で、第二十一回野間文芸翻訳賞を受賞した。

そんな著者が初めて認《したた》めた長編小説が、本書『最後の手紙』である。日本での体験を綴ったものとしては、ほかに、エッセイ「女たちの日本で〔*Nel Giappone delle donne*〕」、短編集「畳のうえの軽やかな足どり〔*Leggero il passo sui tatami*〕」(いずれも未邦訳)の二冊がある。

訳者ふたりにとって、著者アントニエッタ・パストーレは、生まれて初めて会話(果たしてそう呼べるものだったかひどく心許ないが)を交わしたイタリア人だ。また大学でイタリア語を専攻したのはいいけれど、イタリアのこともイタリア語のこともまったくわからなかった状態から、まがりなりにも個人でイタリアを訪れ、辞書を片手に書物が読めるようになるまで懇切丁寧に指導してくださった恩師でもある。大学でのアントニエッタ先生は、学生一人ひとりの個性を尊重し、終始にこやかに見守ってくれただけでなく、小説のなかのゆり子にも通じる凛とした立ち居振る舞いや、妥協のない生き方によって、自立した女性としての手本を示してくださった。

著者から送られてきた本書の原書、*Mia amata Yuriko* を読んだとき、最初に思ったのは、この本は、日本の、とくに若い世代の方々にこそ読まれるべきものだということだった。原爆投下から今年で七十四年。被爆者が年々少なくなっている今、ヒロシマやナガサキの惨事を、戦争を直接経験していない世代が語り継ごうとしている。そのなかには、著者のような外国人も含まれる。むろん、原爆を実際に体験した世代による多くの原爆文学と比較したならば、細部の描写の緻密さにおいて敵《かな》うはずもない。それでも、外国人だからこそ、明確なヴィジョンを持ち、伝えるべきものを的確に表現できることもあるのではないだろうか。たとえば、丸木位里・俊夫妻の描いた原爆の図を、次世代を担う日本の子どもたちに届けようと、『ちっちゃい こえ』(童心社)という紙芝居にしたアーサー・ビナード。子どもたちのお母さんもお祖母ちゃんもまだ生まれていなかった時代に起きた出来事の、目に見えない脅威を、いかに拒否反応を呼び起こさずに、リアルに伝えるかに心を砕いたという。おそらく、自分たちの直接の体験ではないから、一歩距離を置き、あるいは全体を俯瞰し、冷静な眼差しで、遠い時代の被爆体験を、自分のこととして伝えられるのかもしれない。

物語の最後で、福岡に向かう機内から見た二本の橋が大写しになる場面が示唆的だ。普段から日本の多くの小説をイタリア語に訳し、日本とイタリアの橋渡しをしている著者が、ゆり子というひとりの人間がいかに生きてきて、どんな思いを抱えて亡くなっていったかを語ることによって、遠い過去の日本の出来事と現在のイタリアの読者とのあいだに橋をかける。さらに、それが邦訳出版されることで、今度はイタリア人である著者が、ゆり子と、日本の読者のあいだに橋をかけてくれる。もしかすると、この本を読んで初めて江田島の存在を知ったという読者もいるかもしれない。そのなかには、本書を片手に実際に江田島を訪れ、ゆり子の生きた時代に思いを馳せる人も出てくるのではないか。そんな何本もの橋が交差する光景を想像すると、ゆり子という理不尽な被爆を強いられた日本の女性が、アントニエッタ・パストーレというイタリア人の語り手を得たことは、なにか奇跡のようなめぐり合わせにも思えてくる。

＊

本書の邦訳がこうして刊行されるまでには、多くの方のお力添えをいただいた。本書を日本の皆さんにも読んでもらいたいという私たちの思いをすくいあげ、企画を通してくださっただけでなく、さまざまな面から翻訳作業をサポートしてくださった亜紀書房の高尾豪さん。翻訳をじっくり読み込み、ゆり子と嘉昭に心を寄せ、当時の雰囲気がにじみ出る装画を描いてくださった agoera さんと、美しい装丁に仕上げてくださった西村弘美さん。また、本書の会話文を生き生きとした広島弁にしてくださった、広島市内ご出身の樋口達也さんには、島の文化や歴史を踏まえたうえで、訳文における不自然な点などまでご指摘いただき、大変ありがたかった。この場を借りて、皆さんに心から感謝したい。

二〇一九年　盛夏

関口英子
横山千里

アントニエッタ・パストーレ
Antonietta Pastore

1946年、イタリアのトリノに生まれる。ジュネーヴ大学でジャン・ピアジェの指導のもと教育心理学を専攻した後、パリのソルボンヌ大学で修士課程を修了。ジョルジュ・ポンピドゥー国立芸術文化センターで働いたのち77年に来日、大阪外国語大学イタリア語学科の客員教授を務める。93年にイタリアに帰国し、以来、日本文学の翻訳・紹介に精力的に携わる傍ら、執筆活動もおこなっている。村上春樹の多くの作品をはじめ、夏目漱石、阿部公房、井上靖、中上健次、池澤夏樹、桐野夏生、川上弘美など、名だたる作家の作品を次々に翻訳。イタリアにおける日本文学翻訳の第一人者として定評がある。2017年には村上春樹著『色彩を持たない多崎つくると、彼の巡礼の年』の翻訳で、第21回野間文芸翻訳賞を受賞。初めての小説となる本書（原題：*Mia amata Yuriko*〔愛しいゆり子へ〕）のほかに、エッセイ「女たちの日本で」（*Nel Giappone delle donne*）、短篇集「畳のうえの軽やかな足どり」（*Leggero il passo sui tatami*）などの著作がある。

関口英子（せきぐち・えいこ）

埼玉県生まれ。大阪外国語大学イタリア語学科卒業。翻訳家。

おもな訳書にR・サヴィアーノ『コカイン　ゼロゼロゼロ』（河出書房新社）、I・カルヴィーノ『最後に鴉がやってくる』（国書刊行会）、P・コニェッティ『帰れない山』（新潮社）などがある。

横山千里（よこやま・ちさと）

大阪府生まれ。大阪外国語大学イタリア語学科卒業。イタリア語指導と翻訳にも携わる。

おもな訳書にヴィヴィアナ・マッツァ『武器より一冊の本をください　少女マララ・ユスフザイの祈り』（金の星社）など、著書には『やさしいイタリア語』（創育）がある。

最後の手紙

二〇一九年九月二〇日　第一版第一刷　発行

著　者　アントニエッタ・パストーレ
訳　者　関口英子、横山千里
ブックデザイン　西村弘美
装　画　agoera
発行所　株式会社亜紀書房
〒一〇一―〇〇五一
東京都千代田区神田神保町一―三二
電話（〇三）五二八〇―〇二六一
http://www.akishobo.com
振替　〇〇一〇〇―九―一四四〇三七
印刷所　株式会社トライ
http://www.try-sky.com

ISBN978-4-7505-1601-1